ARNO SURMINSKI

Besuch aus Stralsund

Erzählungen

W0179259

ULLSTEIN

Ullstein Buchverlage GmbH,
Berlin
Taschenbuchnummer: 24023

Ungekürzte Ausgabe
März 1997

Umschlagentwurf:
Hansbernd Lindemann
Foto: © TONY STONE IMAGES,
Tony Edwards
Alle Rechte vorbehalten
© 1995 Verlag Ullstein GmbH,
Frankfurt/M – Berlin
Printed in Germany 1997
Gesamtherstellung:
Ebner Ulm
ISBN 3 548 24023 2

Gedruckt auf alterungs-
beständigem Papier mit
chlorfrei gebleichtem Zellstoff

Vom selben Autor
in der Reihe der
Ullstein Bücher:

Kein schöner Land (23747)

Die Deutsche Bibliothek –
CIP-Einheitsaufnahme

Surminski, Arno:
Besuch aus Stralsund : Erzählungen
/ Arno Surminski. – Ungekürzte
Ausg. – Berlin : Ullstein, 1997
   (Ullstein-Buch ; Nr. 24023)
   ISBN 3-548-24023-2
NE: GT

Inhalt

Vierzig Kerzen

»Und ob ich schon wanderte im finstern Tal …«, sangen sie die alte Geschichte. Der Pfarrer reichte jedem Besucher die Hand. »Friede sei mit dir.«

An einem Abend wie diesem hätten Glocken läuten müssen. Aus Furcht, der baufällige Turm könnte einstürzen von der Last der schwingenden Glocken, Putz könnte von den Wänden rieseln, das Fensterglas zerspringen, das morsche Gebälk nachgeben, ließ man sie still im Turm. Schon lange haben hier keine Glocken mehr geklungen. Gab es überhaupt Glocken? Vor einem Menschenleben wurden sie, die Gottes Stimme Klang gaben, aus den Türmen gestohlen und in Kanonen gegossen.

Nicht mit Glocken hatte er sie gerufen, der Pfarrer war, begleitet von seinen Kindern, von Haus zu Haus gegangen, zum Friedensgottesdienst einzuladen, abends um halb acht. Nun waren sie gekommen.

In der Kirche mangelte es an Licht. Nur das trübe Schimmern einer Laterne fiel in den Vorraum, wo sie schweigend standen und warteten. Dem großen Haus fehlte auch die Wärme. Oktober war es, und von den Hängen des Thüringer Waldes wehte es kalt. Sie, die gekommen waren, behielten ihre Mäntel an. Mit hochgeschlagenen Kragen drängten sie in die Bankreihen, einige trugen Handschuhe.

»Es kommen viele«, sagte der Pfarrer. »Es werden auch die kommen, die hier nichts zu suchen haben.«

Als die Orgel einsetzte, schloß er die Tür, ging ruhigen Schrittes zum Altar. Während er auf das Ende des Orgelspiels wartete, hörte er draußen ein Auto vorfahren. Türen schlugen. Ein Luftzug ging über die Köpfe der Sitzenden, der Wind von den Hängen des Thüringer Waldes. Zwei Männer betraten das Gotteshaus, blieben in der Dunkelheit am Eingang, niemand sah ihre Gesichter, aber jeder kannte sie.

»Wir wollen an diesem siebenten Oktober einen Friedensgottesdienst feiern«, begann die Stimme des Pfarrers.

Der Küster trat vor und entzündete Kerzen. Ihr rötlicher Schein brach sich in den hohen Fenstern und tauchte den Gekreuzigten in Blut, das Licht huschte über die Gesichter und spiegelte sich in den Augen, auch verbreiteten die Kerzen Wärme. Obwohl die Tür längst geschlossen war, flackerten die Lichter heftig, denn noch immer wehte es kühl von den bewaldeten Hängen. Im Kerzenschein waren auch die zu erkennen, die an der Tür standen.

»Heute ist vierzigster Geburtstag«, erklärte der Pfarrer. »Wir haben vierzig Kerzen angezündet, weil es Brauch ist, an Geburtstagen Kerzen leuchten zu lassen.«

Während er sprach, suchte er die Gesichter der Männer am Eingang. Sie wollten sich nicht setzen, sie standen da, als hätten sie es eilig und müßten gleich gehen.

»Ich möchte diese vierzig Jahre aber nicht feiern«, fuhr er fort, »es waren vierzig Jahre zuviel.«

Nachdem er das gesagt hatte, verließ er den Altar, ging vorsichtig Stufe um Stufe abwärts, bis er die Reihe der Kerzen erreichte. Er verweilte kurz vor dem vielen Licht, streckte die Hände aus, als wollte er sich wärmen. Schließlich beugte er sich vor und pustete eine Kerze aus. Danach ging er langsam zurück zu dem Gekreuzigten.

»Wer wie ich der Meinung ist, es wären vierzig Jahre zuviel gewesen, möge vortreten und ebenfalls eine Kerze auspusten.«

Nichts geschah. Atemzüge und Herzschläge wurden hörbar, jemand hüstelte, ein Schuh polterte gegen das Holz der Kirchenbank. Vorn sprang einer auf, kehrte dem Altar den Rücken, eilte zum Ausgang. Krachend fiel die Tür ins Schloß, die Kerzen flackerten.

Der Pfarrer griff zu dem heiligen Buch. In der Stille hörten sie das Rascheln der Blätter, als er die Stellen suchte, die er lesen wollte.

»An den Wassern zu Babel saßen wir und weineten ...«, erklang seine Stimme.

Da erhob sich ein alter Mann, stand lange neben einem Pfeiler, der das Kirchenschiff trug, hielt in der Rechten eine Mütze, stützte sich mit der Linken am Holz. Zögernd trat er vor, jeder hörte die schlurfenden Schritte auf den nackten Steinen. Es sah so aus, als wollte er sich wärmen, denn er legte beide Hände schützend um die Flamme einer Kerze. Das Licht wurde ruhiger, flackerte nicht mehr, brannte still und feierlich unter seinen Händen. Hinter sich warf er einen mächtigen Schatten in die Kirche, verdunkelte die weißgekalkte Wand, ragte hinauf zu den bunten Fenstern. Endlich beugte er seinen Oberkörper, das Gesicht näherte sich dem Feuer. Er atmete tief. Er blies einmal kurz, aber es gelang nicht, die Kerze wehrte sich, ihre Flamme wich aus. Er versuchte es ein zweites Mal, aber der Luftzug verfehlte sein Ziel. Er blickte sich hilfesuchend um. Dann zog er den Handschuh von der rechten Hand. Die Hand näherte sich dem Licht, jeder sah, daß es eine Hand war wie aus Leder. Daumen und Zeigefinger fuhren ins Feuer, ergriffen den Kerzendocht, drückten zu, als wollten sie ein Ungeziefer töten. Nun endlich starb das Licht, der Docht blakte und räucherte. Der Schatten des alten Mannes wanderte an der weißen Wand entlang, während der Pfarrer las: »Dein Stecken und Stab trösten mich ...«

Danach herrschte wieder Stille. Einige blickten zu denen, die zuletzt gekommen waren und die starr neben der Tür standen und jeden sahen.

»Du bereitest vor mir einen Tisch gegen meine Feinde ...«

Da erhob sich eine Frau, jünger als die vierzig Jahre, trat hastig vor und pustete in die Lichterkette, zwei Kerzen erloschen.

Hinten verließen einige das Gotteshaus. Der Pfarrer sah sie nicht, hörte aber das Scharren ihrer Füße und das Knarren der Tür. Wieder ließ ein kalter Windzug die Kerzen heftig flackern.

»Deine Hand wird finden alle deine Feinde ...«, rief die Stimme des Predigers.

Vater, Mutter und Kind gingen auf die Kerzen zu, es bildete sich eine Schlange bis zum Taufbecken. Wer seine Arbeit verrichtet hatte, trat zur Seite. Wie eine Mauer standen sie vor den Kerzen und nahmen die auf, die ihr Licht gelöscht hatten.

»Ein Tag sagt es dem anderen, und eine Nacht tut es kund der anderen ...«, sang die Stimme am Altar.

Im großen Kirchenschiff wurde es dunkel, auch die Kälte kehrte wieder, denn die Tür stand weit offen. Die Gesichter tauchten ein in die Finsternis, wurden unsichtbar. Eine Frau schluchzte.

Sie blieben vor dem Altar, auch als die letzte Kerze erloschen war, sie konnten nicht weichen.

»Ein feste Burg ist unser Gott ...«, sangen sie.

Draußen heulte ein Motor auf, Scheinwerferlicht schoß durchs bunte Glas und verirrte sich im Gebälk. Nichts blieb mehr zu tun. Nur ein Gebet.

Der Autolärm wurde schwächer.

»Ob sie wiederkommen?« fragte einer.

»Die nicht«, sagte der Pfarrer. »Ihre Zeit ist abgelaufen.«

Besuch aus Stralsund

Die Menschenschlange reichte bis zum Tor. Von dort führte sie in mehreren Kehren eine Wendeltreppe hinauf zum Festsaal. Dunkel gekleidete Herren und Damen in festlicher Garderobe legten vor dem Saaleingang ihre Mäntel ab, warfen einen letzten prüfenden Blick in den Spiegel.

»Tragen Sie sich bitte ins Gästebuch ein«, bat ein livrierter Diener, der die Saaltür bewachte.

Der Festsaal erleuchtet. Neben dem Eingang hingen die Fahnen des Landes, gegenüber prangte das Wappen der Stadt. Zwischen hohen Fenstern schmückende Ölgemälde, die Schiffe zeigten, Eisberge, Meereswogen und Neptun, wie er den Wellen entstieg. Die Stadt gehörte dem Wasser.

Ober trugen Tabletts mit gefüllten Gläsern zu den Menschengruppen, die hier und da standen und plauderten. Sekt, Orangensaft, das Übliche, auf besonderen Wunsch auch Bloody Mary, obwohl es früher Vormittag war. Am Kamin, der zuletzt zum Besuch des Kaisers vor achtzig Jahren Wärme verbreitet hatte, ließ sich die moderne Beleuchtungstechnik mit Scheinwerfern, Kabeln, Schnüren und Kameras nieder. Auch das Fernsehen war gekommen. Seine Scheinwerfer richteten sich auf einen Mann, der an der Spitze der Menschenschlange ausharrte, Hände schüttelte, lächelte, hier ein paar Worte wechselte, dort seinen Kopf neigte und zuhörte, ein

Mann von einigem Gewicht mit schütterem Haar, von dessen Stirn Schweißperlen tropften. Hinter ihm, viel jünger, eine sportliche Frau, die heute nicht im Mittelpunkt stand. Sie wandte sich an die Leute vom Fernsehen und fragte, ob sie nicht endlich die gleißenden, schweißtreibenden Scheinwerfer ausschalten könnten.

»Wenn der Bürgermeister durch ist«, sagte das Fernsehen.

Alles Gute, mein Lieber … Danke, vielen Dank … Weiter so, alter Freund, sechzig Jahre sind erst ein Anfang … Tewes vom Bauamt, meine besten Wünsche … Ach, Herr Tewes, wie schön, daß Sie gekommen sind …

Ein Fotograf hielt die Szene fürs Album fest. Lächeln, immer nur lächeln. Ein kurzer Wortwechsel, während sich die Hände berührten.

»Ach, kommen Sie doch mal vorbei, wir haben vieles zu bereden …«

Während er das sagte, erschien schon das nächste Gesicht.

»Sie sehen gut aus, mein Lieber.«

Das Lächeln erlosch, um neu zu beginnen. Gelegentlich, nur Hannelore bemerkte es, fielen flüchtige Schatten des Widerwillens auf seine Stirn, bis ein erneutes Lächeln sie vertrieb.

Vielen herzlichen Dank …

Sein Haar war auf halbem Wege von schwarz zu weiß, sein Gesicht rund, ohne die Falten des Alters. Die Augen klar wie Wasser. Manchmal biß er sich auf die Lippen, um sie anzufeuchten. Er erschrak, als er an der Menschenschlange entlangblickte und ein Gesicht entdeckte, das er nicht kannte. Wer war das? Während er freundlich plauderte, zermarterte er seinen Kopf, um den Namen ausfindig zu machen.

»Müller von der Wirtschaftsvereinigung«, hörte er. »Herr Doktor Wolfram ist krankheitshalber verhindert, er hat mich geschickt, Ihnen die herzlichsten Glückwünsche zu überbringen.«

»Danke, Herr Müller. Grüße an Doktor Wolfram und gute Besserung.«

Hinter ihm umarmte seine Frau eine alte Bekannte.

Dabei geht die Schminke zum Teufel, dachte er.

Gern hätte er eine Pause eingelegt, aber die Schlange nahm kein Ende. Er registrierte sehr wohl, wer nur mit guten Worten und leeren Händen auf ihn zutrat oder wer ein Geschenk mitbrachte, ein Buch, erlesene Weine, nicht zu vergessen die Zigarren. In der Stadt wußte jeder, daß der Stadtdirektor Grambow ein Freund schwarzer Zigarren war. In seiner Dankesrede nach dem Vorbeimarsch wird er fröhlich bekennen, daß er vielen schönen Dingen des Lebens der lieben Gesundheit wegen habe entsagen müssen, nur das Zigarrenrauchen sei ihm geblieben. Er wird an Winston Churchill erinnern, der es mit Zigarren und ohne Sport auf mehr als achtzig Jahre gebracht habe, und sich bedanken für die Kisten aus Havanna und Manila, die sich auf dem weißgedeckten Tischchen hinter ihm türmten.

Sogar der Herr Bundestagsabgeordnete des Wahlkreises gab sich die Ehre!

»Ich bin schnell mal zwischen zwei Ausschußsitzungen rübergekommen, um Ihnen die Hand zu schütteln. Sechzig Jahre ist nichts Schlimmes, mein Lieber. Denken Sie an den ersten Kanzler, der war mit sechzig noch nicht mal Abgeordneter.«

Hart, weich, knochig, feucht, zaghaft, derb zupakkend, wie unterschiedlich Hände sein können. Einige kamen zögernd, verhalten, andere ungestüm und fordernd auf ihn zu. Es gab Hände, die ihn nicht loslassen wollten, die er abschütteln mußte.

Nur wenige Frauen entdeckte er in der Schlange, bunte Farbtupfer im einheitlichen Schwarz-Grau. Er empfand es als Wohltat, wenn ihn gelegentlich ein Duft von irischem Frühling anwehte. Eine Dame, die er nicht kannte, gab sich als Vertreterin des Kultursenators aus.

Der nächste, bitte.

Frauen kamen ihm herzlicher vor, sie lachten offener, einige sogar laut, ihre Glückwünsche klangen ehrlicher.

Der nächste, bitte.

»Wann besuchen Sie uns auf dem Lande?« fragte eine.

»In drei Jahren, wenn ich im Ruhestand bin«, antwortete Grambow.

Ein unbekannter Mann stellte sich mit Gerhard Evers vor.

»Wir saßen zusammen in Stralsund auf der Schulbank, später verloren wir uns aus den Augen.«

Es wird Zeit, den verdammten Scheinwerfern den Strom abzuschalten. Er nahm dem Diener ein Glas Wasser vom Tablett und trank, dabei die Kühle des Glases genießend. Mal was anderes als die weichen, warmen, feuchten Hände.

»Ach, das ist aber eine Freude, daß Sie zu meinem Empfang gekommen sind, Herr Schröder! Schönen Gruß an die verehrte Frau Gemahlin.«

Das war ein Fehler, fiel ihm später ein, dieser Schröder war seit zwei Jahren geschieden.

Er war der Kopf der Schlange. Wenn die Besucher ihm die Hand gedrückt hatten, traten sie ab nach links oder rechts. Der Saal füllte sich. In kleinen Gruppen standen sie zusammen und plauderten dezent, die Diener hatten Mühe, mit den Getränken durchzukommen. Fern hörte er die Turmuhr schlagen, zählte, immer noch danke schön murmelnd, bis zwölf.

Was geht dir alles durch den Kopf an so einem Tag?

»In einer dieser Stunden wirst du sterben!« Den Satz hatte er über der Sonnenuhr einer Kirche in Sachsen gelesen. Warum fällt er dir jetzt ein? Du bist erst sechzig, rief er sich zur Ordnung, während er eine alte, welke Hand besonders lange schüttelte. Dein Vater ist mit neunundsiebzig gestorben, und heutzutage lebt man um vieles länger.

Auf dem Rathausplatz begann eine Bläserkapelle zu spielen: »Es war einmal ein treuer Husar ...«

Na, das klang auch uralt. Das Lied erinnerte ihn an eine Maskerade im Jahre 1952, damals noch in Stralsund. Nun bist du sechzig Jahre alt und zählst, während du Hände schüttelst, die Frauen, die du in deinem Leben gekannt hast. 1952 in Stralsund, das war ... Er wußte es nicht mehr.

Der nächste, bitte.

Er sah, daß einige Gäste ans Fenster traten und zu den Bläsern auf dem Rathausplatz schauten. Es störte ihn ein wenig, daß die da unten größere Aufmerksamkeit erregten, aber wirklich nur ein wenig.

»Die Musik kostet ihn drei Flaschen Korn«, hörte er jemand hinter sich sagen.

Hannelore sprach mit ihrer Schulfreundin.

Ein bißchen leiser bitte, dachte er.

Irgendwo klirrte Glas.

Das geht dich nichts an, dachte er. Außerdem bringen Scherben Glück.

Er sah sich mit Hannelore auf dem Motorrad durch eine Heidelandschaft fahren, mindestens dreißig Jahre war das her, und die Maschine hieß Horex.

Der nächste, bitte.

Zehn Schritte voraus entdeckte er das Gesicht einer Frau, konnte es aber nicht zuordnen. Trotzdem war da etwas Vertrautes. Ein dicker Kerl stellte sich ihr in den Weg, da war das Gesicht verschwunden.

Danke, vielen Dank.

Rufen Sie doch mal an.

Neben ihm hantierten die Techniker mit einem Mikrofon, ein Rednerpult wurde in den Saal getragen.

Die Frau war bis auf drei Schritte herangekommen, er kannte sie immer noch nicht. Eine zierliche Person im grauen Kostüm. Er sah schwarzes Haar und einen auffallend kleinen Mund. Sie ist ungefähr so alt wie du, ging es ihm durch den Kopf.

Die Bläser rückten mit »Happy Birthday« lärmend in den Saal, in ihrem Gefolge der Bürgermeister. Der drängte sich an der Schlange vorbei nach vorn, die kleine Frau im grauen Kostüm mußte warten.

»Alter Freund!« rief das Stadtoberhaupt, mit dem er sich seit einer durchzechten Nacht auf dem städtischen Schützenfest duzte. »Alter Freund, ich beglückwünsche dich zum Eintritt in den erlauchten Kreis der Sechzigjährigen.«

Warum blickte die Frau ihn so ernst, so traurig an? Oder schaute sie an ihm vorbei? Es wird eine Bekannte von Hannelore sein, dachte er, während der Bürgermeister seine Hand schüttelte.

Nun endlich erloschen die Scheinwerfer. Vor der fremden Frau kam noch ein schwergewichtiger Mann, nämlich Harders, der Vorsitzende des Sportvereins.

»Die Zeiten, in denen Sie für unseren TSV Tore geschossen haben, sind lange vorbei«, sagte er. »Aber bleiben Sie uns treu, helfen Sie unserer Jugend!«

Der massige Mensch bewegte sich langsam von der Stelle, er hörte ihn mit Hannelore sprechen. Fußballbraut nannte er sie, eine Anspielung auf die Zeit, als Günter Grambow dem Ball nachrannte und Hannelore neunzig Minuten unterm Regenschirm am Spielfeldrand fror.

»Malchow«, sagte die Frau.

Es entstand eine lange Pause, bis sie hinzufügte: »Alles Gute zum sechzigsten Geburtstag.«

»Ach, sind Sie Frau Malchow von der Stadtsparkasse?«

»Nein, Malchow aus Stralsund.«

Jetzt berührte er ihre Hand. Sie ist warm und weich und zierlich, dachte er.

»Marianne Malchow«, hörte er ihre Stimme.

Nun wußte er es. Die Augen, der kleine Mund, die Stupsnase, damals hatte sie blondes Haar.

»Wo kommst du her?« fragte er und hörte von ihr, daß sie auf Verwandtenbesuch im Westen sei. In der Zeitung hatte sie vom großen Empfang zum 60. Geburtstag des Stadtdirektors Günter Grambow gelesen.

»Da wollte ich mal sehen, ob du mich noch wiedererkennst.«

Er wischte mit der Hand über seine Stirn, noch immer war es viel zu heiß.

»Du hast große Karriere gemacht«, sagte sie leise und lächelte.

Er winkte ab, als sei es nicht der Rede wert.

»Bist wohl auch gleich in die richtige Partei eingetreten?«

»Ja, natürlich, ohne Parteibuch geht auch im Westen nichts.«

»Ich war auch in der Partei: dreißig Jahre SED. Jetzt bin ich gar nichts mehr.«

Sie reichte ihm einen in buntes Papier gewickelten Umschlag.

»Ein Geschenk aus Stralsund«, flüsterte sie.

Die Schlange war noch fünfzehn Meter lang, und er wußte nicht, ob er es durchstehen konnte. Du hast dich schon zu lange mit ihr unterhalten, dachte er.

»Du wolltest doch nach Stralsund zurückkommen«, sagte die Frau.

Grambow blickte sich hilfesuchend um.

»Hannelore«, sagte er, »das ist Marianne Malchow aus Stralsund.«

Er reichte den Umschlag weiter, sah nur noch, wie er zu den anderen Geschenken auf den Tisch gelegt wurde, und wußte, daß er da nicht hingehörte zu den Havannas und Manilas. Er wunderte sich, daß die Frauen hinter ihm kein Wort sprachen. Während er weiter Hände schüttelte, blickte er flüchtig zu Marianne Malchow hinüber. Einmal hob sie das Glas, als wolle sie ihm zuprosten. Dabei lächelte sie.

»Ach, der Herr Pfarrer ist auch gekommen, um Gottes Segen zu bringen.«

In Stralsund gab es auch Kirchen, zum Beispiel die berühmte Marienkirche aus dunkelrotem Backstein. In ihr hättest du Marianne Malchow geheiratet, wenn du in Stralsund geblieben wärst.

»Großer Gott, wir loben dich«, spielten die Bläser, bevor sie abzogen.

Als der letzte Besucher ihm die Hand geschüttelt hatte, trat er ein paar Schritte zurück, neigte sich der kleinen Frau zu und flüsterte: »Wenn du Zeit hast, bleib noch ein bißchen, wir haben viel zu erzählen.«

Danach klammerte er sich an ein eiskaltes Glas. Als er trank, trank sie auch und lächelte ihn an.

Hannelore griff nach einem Taschentuch und wischte im Gesicht herum, sie war immer so gerührt bei feierlichen Anlässen. Außerdem war es viel zu heiß.

Der Bürgermeister trat ans Rednerpult. Lächelnd blickte er in die Runde, neigte den Kopf vor den beiden Frauen, die hinter dem Jubilar standen.

»Lieber Günter Grambow«, fing er an und zählte auf, was der Sechzigjährige Großes für die Stadt geleistet hatte: ehrenamtliche Mitarbeit in zahlreichen Organisationen, 25 Jahre Ratsmitglied. Immer aufs Gemeinwohl bedacht, über alle Parteigrenzen hinweg der Sache gedient ... »In Anerkennung deiner Leistungen hat der Herr Bundespräsident dir das Bundesverdienstkreuz verliehen, das ich hiermit überreichen darf.«

Die Besucher klatschten.

Damals war sie strohblond, dachte er, als er den Kopf neigte, um die Auszeichnung in Empfang zu nehmen.

»Schon früh bist du zu uns gekommen«, fuhr die Stimme des Stadtoberhauptes fort. »Noch vor dem Bau der Mauer hast du jenes furchtbare Land verlassen, um dir im Westen eine neue Existenz aufzubauen. Das Einleben wurde dir erleichtert, weil du eine Partnerin fandest, die dich in den vergangenen dreißig Jahren treu begleitet hat, unsere liebe Hannelore.«

Der Saaldiener brachte einen Strauß weißer Rosen, den das Stadtoberhaupt der Frau überreichte für die dreißigjährige Begleitung. Wieder applaudierten sie, nur Marianne Malchow hielt ein Glas in beiden Händen und konnte nicht klatschen.

Auch sie hätte einen Strauß verdient, dachte er.

»Ich darf dir nun das Geschenk der Stadt überreichen, eine Eisenbahnfahrkarte erster Klasse nach Stralsund für zwei Personen. Nun, da der Spuk vorüber ist, kannst du wieder die Stadt deiner Kindheit besuchen. Eine Rückfahrkarte ist natürlich auch dabei, denn wir wollen dich nicht verlieren, lieber Günter, wir brauchen dich.«

Es folgten weitere Grußworte. Ein älterer Herr, zweiter Vorsitzender der Fritz-Reuter-Gesellschaft, trug ein Gedicht in Mecklenburger Mundart vor. Jemand sprach vom Neubeginn in Stralsund und überreichte einen Bildband der alten Stadt.

Endlich trat er selbst ans Rednerpult. Einen kurzen Augenblick lang kam es ihm vor, als sei er mit den beiden Frauen allein im Saal. Wieder blendeten ihn die Scheinwerfer. Er zog die vorbereitete Rede aus der Tasche, legte das Papier vor sich auf das Holz. Noch ein Schluck Wasser, dann las er mit starken Worten vom Blatt ab. Er bedankte sich bei der Stadt und ihren Bewohnern, die ihn damals aufgenommen hatten.

Vor ihm standen Hannelore und Marianne Malchow, sonst niemand.

Er ließ das Papier wieder in der Jackentasche verschwinden und erklärte in freier Rede, daß ihm die Fahrkarte gerade recht käme. Nun, da Grenze und Mauer gefallen seien, werde er seiner Vaterstadt einen Besuch abstatten.

Marianne war plötzlich verschwunden. Hannelore preßte ihr Taschentuch, als wollte sie einen Schwamm auswringen.

Er stockte, blickte suchend durch den Saal.

»Marianne Malchow, eine Jugendfreundin aus Stralsund, ist heute gekommen, um mir zu gratulieren«, hörte er sich sagen. »Vor dreiunddreißig Jahren haben wir uns zuletzt gesehen. Ich ging in den Westen und versprach, nach Stralsund zurückzukehren.«

Die Kameras hörten auf zu surren, das Scheinwerfer-licht erlosch, die leisen Gespräche im Hintergrund ver-stummten.

»Sie hat auf mich gewartet, aber ich habe mein Ver-sprechen nicht gehalten«, fuhr er fort. »Die Verführun-gen des Westens, dieser Wohlstand, diese Offenheit, eine ganze Welt lag vor mir, aber in Stralsund hatte ich nur ein Mädchen.«

Seine Stimme irrte wie ein hilfloser Vogel durch den Saal. Wo war Marianne Malchow geblieben?

»Es tut mir leid«, war das letzte, was ihm dazu einfiel.

Jemand brachte einen Stuhl für Hannelore, die das lange Herumstehen bei der Hitze nicht mehr ertragen konnte. Er verlor den Faden und vergaß, sich für die Havannas und Manilas zu bedanken, vergaß auch das Bundesverdienstkreuz.

»Ich werde mit Hannelore nach Stralsund reisen«, sagte er zum Schluß seiner Dankesrede.

Um 12 Uhr 30 endete der festliche Empfang. Vor dem Rathaus spielten die Bläser »Nun danket alle Gott«.

Er ging vom Rednerpult zu seiner Frau, legte ihr die Hand auf die Schulter und sagte: »Das hätten wir ge-schafft.«

Danach öffnete er den Umschlag. Schwarzweißfotos, sehr alt und gelbstichig. Mit Marianne am Fährhafen ... In einem Kahn auf dem Strelasund ... Marianne und Günter auf einer Radtour ... Spaziergang am Darß ... Eng umschlungen auf einer Bank ...

»Wie sollen wir die vielen Geschenke nach Hause schaffen?« fragte er seine Frau.

»Von der hast du mir nie etwas erzählt«, flüsterte Han-nelore.

»Ach, das ist dreiunddreißig Jahre her, da vergißt man

vieles«, sagte Günter Grambow. Er entnahm einer Kiste eine Havanna, der Saaldiener eilte herbei und gab ihm Feuer.

Hannelore griff zum Taschentuch. Bei festlichen Anlässen war sie immer so gerührt.

Tag des Sieges

Als der Morgen dämmerte, erreichte der Zug die große Stadt. Der alte Mann schlief. Neben ihm kauerte der Junge. Als der sah, daß sie sich der großen Stadt näherten, zupfte er den alten Mann am Ärmel.

»Es wird Tag«, sagte er.

Der Alte wischte sich die Augen. Er trank aus einem Blechgefäß eine klare Flüssigkeit, bevor er aus dem Fenster blickte. Der Zug fuhr so langsam, daß sie Häuser, Straßen und Plätze gut erkennen konnten, auch die Menschen, die blühenden Gärten und die Automobile.

»Es ist eine andere Stadt«, murmelte der Alte, griff in seine Joppe und vergewisserte sich des Umschlags. Nachdem er ihn betastet hatte und überzeugt war, daß sich alles an seinem Platz befand, sagte er: »Charascho.«

Sie durchfuhren die Vorstadt, und ihm kamen Zweifel, ob das wirklich seine Stadt war. Damals hatte sie wie tot ausgesehen, mit weiter nichts als Trümmern angefüllt, zwischen den Trümmern waren elende Menschen in grauen Mänteln herumgekrochen, ab und zu war eine unbeleuchtete Straßenbahn gefahren.

»So eine Stadt war das damals«, sagte der Mann.

Der Junge stand am Fenster und bewunderte die Gärten, in denen Kirschbäume blühten. Am Bahndamm wollte der Flieder aufbrechen, die Kastanien leuchteten mit roten und weißen Kerzen. Als der Schaffner kam, fragte der Junge ihn nach der Stadt.

»Ja, sie ist es«, erhielt er zur Antwort. »Beim nächsten oder übernächsten Halt müßt ihr aussteigen.«

»Ich habe diese Stadt besiegt, aber niemals ihre Sprache gelernt«, sagte der alte Mann zu dem Jungen. »Du weißt nichts von ihr, aber du kennst ihre Sprache. Deshalb war es gut, daß wir gemeinsam gefahren sind, ich wegen der Stadt und du wegen der Sprache.«

Der Junge brachte ihn dazu, sich zu erheben und seine Sachen zu packen. Er half ihm, den Holzkoffer aus der Gepäckablage zu wuchten, und reichte ihm die Mütze. Der alte Mann vergewisserte sich mit einem Griff in die Jackentasche, daß der Umschlag noch da war. Charascho.

»Es ist nicht zu glauben, was sie aus der Stadt gemacht haben«, murmelte er.

Der Junge sprang vom Trittbrett. Als der Alte den Bahnsteig betrat, klirrte es in seiner Tasche, und er wußte, daß die Dinge an ihrem Platz waren.

»Damals«, sagte er und zeigte zum Dach der Bahnhofshalle, »damals gab es hier keine heile Fensterscheibe.«

Einen Beamten, der vorüberging, fragte der Junge nach dem großen Tor. Um ihm zu zeigen, welches Tor sie meinten, zog der Alte eine vergilbte Zeitung aus dem Koffer und tippte auf ein Schwarzweißbild mit kyrillischem Untertitel.

»Zu Fuß ist es ein ordentliches Stück«, erklärte der Beamte. Er begleitete sie aus der Halle in die Helligkeit des Morgens und beschrieb ihnen den Weg.

Die Stadt empfing sie mit Wärme und einer Sonne, die die Dächer verlassen hatte und im frischen Laub der Bäume hing.

»Damals war es auch Mai«, sagte der alte Mann zu dem Jungen. »Aber es blühte kein Baum und Strauch, weil der Krieg alles zerstört hatte.«

Sie gingen den beschriebenen Weg, der Alte den Holzkoffer in der Rechten, das Stück Zeitungspapier in der Linken, der Junge schleppte einen Rucksack. Obwohl sie zügig marschierten, dauerte es seine Zeit. Der Alte blieb oft stehen, um sich auszuruhen. Trafen sie einen Passanten, zeigte er ihm das Bild aus der Zeitung und war zufrieden, wenn er hörte, daß das große Tor nicht fern sei.

»Damals gab es keine hohen Bäume in dieser Gegend«, erklärte der Alte. »Weit und breit sahst du nur Granattrichter und Bombenkrater, aber jetzt haben sie einen Wald wachsen lassen. Wenn das Wetter gut bleibt, könnten wir im Wald schlafen. Das kostet uns keinen Rubel.«

Wo der Wald sich lichtete, entdeckten sie ein Denkmal. Auf einen Steinsockel hatten sie einen Panzer gesetzt, Uniformierte bewachten den Koloß.

»Junge, sieh dir das an! So sah unser T 34 aus, mit dem wir von Baranowitschi bis in diese Stadt gerollt sind!«

Ein Trupp Soldaten marschierte auf das Denkmal zu. Sie salutierten und schlugen heftig mit den Stiefeln auf den Beton.

Der Alte setzte den Koffer ab, sein Körper straffte sich, er wuchs um einige Zentimeter.

»Sie feiern den Tag des Sieges«, sagte er, riß die Mütze vom Kopf und grüßte militärisch. Einige Minuten stand er aufrecht mit feierlichem Gesicht, bis ihn die Kräfte verließen und er sich auf den Holzkoffer setzen mußte. Er winkte den Soldaten zu, aber sie beachteten ihn nicht.

»Sie sind noch da, unsere Kameraden, da siehst du sie!« rief er dem Jungen zu.

Sie folgten den abziehenden Soldaten und erreichten das Tor. Wie an allen großen Toren gab es da ein reges

Kommen und Gehen, Passanten eilten unter den Bögen hin und her, Fotografen umlagerten das Bauwerk, ausländische Besuchergruppen wanderten zwischen den Säulen und ließen sich in fremder Sprache die Geschichte erklären. Es saßen auch Maler vor ihrer Staffelei und versuchten, das Tor auf die Leinwand zu bringen. Ein Leierkasten spielte, weiter abseits lagerten Bettler und wärmten sich in der Morgensonne. Der Alte befühlte die Steine des Tores. Er fand sie ohne Narben. Dem Jungen zeigte er die Stellen, wo ungefähr damals die Granaten große Löcher gerissen hatten. Zu seiner Zeit habe das Tor ziemlich ramponiert ausgesehen, die Pferde verendet, das stolze Weib als Lenkerin auf dem Dach sei nur ein Torso gewesen.

Er hielt beide Hände über die Augen und blickte nach oben.

»Dort ungefähr, wo das zweite Pferd zum Sprung ansetzt, habe ich gestanden. Da staunst du, was? Vor siebenundvierzig Jahren konnte dein Großvater auf Dächer und Türme klettern, als wäre es nichts!«

Er breitete die Zeitung aus und erklärte das Bild.

»Siehst du die beiden Soldaten? Dieser hier, der die Fahne über dem Pferd hält, war mein Freund Alexej. Neben ihm erkennst du einen mit der Maschinenpistole. Der steht da so, als müßte er die Fahne bewachen. Sieh ihn dir genau an, das ist dein Großvater. Es muß noch ein anderer auf dem Tor gewesen sein, der nämlich, der uns fotografierte, aber von ihm weiß ich nichts. Ich sage dir, Junge, es ist das berühmteste Bild des Großen Vaterländischen Krieges. Damals ging es um die Welt, erschien in zahllosen Zeitungen, sogar in Amerika, auch die Geschichtsbücher haben es verewigt. Und dein Großvater ist dabeigewesen.«

Sie betrachteten das Bild, verglichen es mit der Realität, suchten die Stellen, wo die Granaten Löcher in die Säulen gerissen hatten. Der alte Mann tippte auf den Soldaten mit der Maschinenpistole.

»Mein Gesicht ist nicht zu erkennen«, erklärte er, »weil ich zu der Fahne blicke, aber schau mal auf die Hand, die die Waffe hält. Es ist meine Hand, du kannst es deutlich sehen.«

Der Junge blickte staunend zum Tor hinauf. Es kam ihm erschreckend hoch vor. Da oben zu stehen und eine Fahne zu hissen, das war schon eine Heldentat.

Der Alte lachte.

»Damals waren wir jung, wir hätten es fertiggebracht, auf die Türme des Kreml zu klettern und dem Väterchen zuzuwinken!«

Sie umwanderten das Tor. Immer wieder blieb der Alte stehen, legte seine Hand an das Bauwerk, streichelte es, klopfte mit den Fingern gegen den kalten Stein.

»Das war eine große Zeit und ein großer Sieg. Glaube mir, Junge, so etwas kommt nie wieder.«

Nachdem sie das Tor von allen Seiten besichtigt hatten, suchte der Alte einen schattigen Platz an der Rückseite, nahe den Säulen, eine Stelle, an der die Passanten vorbeigehen mußten, wenn sie durch das Tor wollten. Er entnahm dem Holzkoffer eine Decke und breitete sie auf den Steinen aus.

»Setz dich zu mir«, sagte er dem Jungen. »Wir werden erst ausruhen und dann sehen, was geschieht.«

Er holte den Umschlag aus der Joppentasche und schüttete den Inhalt auf die Decke.

»Wir haben genug von dem Zeug, es ist eher zuviel«, sagte er. »Du wirst mir helfen müssen, die Dinge zu ordnen.«

Auf die rechte Seite legte er die sowjetischen Orden, Ehrenspangen, Schleifen und Anstecknadeln, zur Linken reihte er das faschistische Zeug auf, die Eisernen Kreuze, Verwundetenabzeichen, Achselklappen und Kokarden.

»Wie du siehst, hat jeder Haufen die gleiche Größe«, erklärte der Alte. »Das muß so sein, denn im Kämpfen waren wir gleich. Niemand soll sagen, sie seien feige Hunde gewesen, nein, zu kämpfen verstanden sie.«

Er nahm einen Orden und legte ihn besonders in die Mitte der Decke.

»Den bekam ich für die Erstürmung dieser Stadt«, sagte er. »Ich denke, es ist das wertvollste Stück. Für Vilnius und Kaliningrad gab es auch Orden, das sind die beiden hier, aber sie sind nicht sehr kostbar, denn verglichen mit dieser Stadt ist Vilnius ein kleiner Flecken und Kaliningrad ein Trümmerhaufen.«

Nachdem er die Orden ausgebreitet hatte, zählte er sie.

»Zweiundsiebzig! Wenn wir die Hälfte verkaufen, ist es ein gutes Geschäft.«

Er legte die Zeitung dazu, beschwerte sie an den vier Ecken, damit sie nicht vom Wind davongetragen wurde. Schon blieben die ersten Passanten stehen. Der Alte gab dem Jungen ein Zeichen, und der begann, den einstudierten Satz herzusagen: »Vor siebenundvierzig Jahren stand mein Großvater dort oben auf dem Tor.«

Der Junge zeigte zur Quadriga, dann auf das Schwarzweißbild in der Zeitung und den Mann mit der Maschinenpistole. Einige beugten sich tatsächlich über das alte Papier. Prüfend blickten sie dem Mann ins Gesicht, schüttelten ungläubig den Kopf.

»Dies ist der Orden, den mein Großvater für die Erstürmung der Stadt bekommen hat«, fuhr der Junge fort und hielt das funkelnde Stück den Passanten entgegen.

Er stockte, blickte den Alten fragend an. Als der nickte, fuhr er fort und erklärte, daß der Orden für fünfzig amerikanische Dollar zu haben sei, nur eben gerade fünfzig Dollar.

»Woher hast du die deutschen Orden?« fragte einer der Umstehenden.

Der Junge übersetzte die Frage, der alte Mann kratzte seinen Kopf und beschrieb mit dem Arm einen weiten Bogen.

»Auf den Schlachtfeldern ausgegraben«, erklärte er. »Vor einem Jahr kam das Gerücht auf, daß die Dinge wieder einen Wert haben. Vor allem die Besiegten interessieren sich für das alte Zeug, sagte man. Und sie haben das Geld dafür. Da fingen die Leute an, die Wälder umzuwühlen und die Friedhöfe. Sie haben viel gefunden, am meisten in Wolgograd.«

Der Alte ließ einige Orden durch die Hand gleiten.

»Sicher war es nicht anständig, den Toten das Metall wegzunehmen, aber da es einen gewissen Wert bekommen hat, kann es den Lebenden helfen und den Toten nicht schaden.«

Jemand fragte, ob er auch deutsches Geld nehme.

Die Mark sei ihm geradeso recht wie der Dollar, ließ der Alte über den Jungen ausrichten.

Es kam nun einer angehumpelt, der auch schon sein Alter hatte. Er blieb vor der Decke stehen, zeigte mit der Krücke auf diesen und jenen Gegenstand, redete mit sich, was keiner verstand, und fragte schließlich, woher sie kämen.

»Aus Wolgograd«, antwortete der Alte.

»Das hieß damals Stalingrad, da lag ich vor fünfzig Jahren in einem Traktorenwerk«, sagte der mit der Krücke.

Der Alte blickte auf und wunderte sich, daß einer, der vor fünfzig Jahren im Traktorenwerk gelegen hatte, heute noch lebte.

»Warum unternehmt ihr diese weite Reise?« fragte der Mann mit der Krücke.

»Es ist wegen der Medizin«, erklärte der alte Mann. »Wir haben den größten Sieg der Geschichte errungen, aber es mangelt an Herztropfen für meine kranke Frau. Medizin, die etwas taugt, gibt es nur gegen Valuta, also müssen wir unseren Sieg verkaufen für fünfzig Dollar. Hätten wir Ulan Bator erstürmt, hätte es keinen Wert gehabt, aber diese Stadt, die wir damals zertrümmerten, ist wieder reich geworden, sie zahlt auch für die Orden ihrer größten Demütigung.«

Eine Frau wollte ihm die alte Zeitung abkaufen, doch die gab er nicht her. Sie sei ein persönliches Dokument. Nur das Bild in der Zeitung beweise, daß er der Soldat oben auf dem Tor sei.

Es fand sich ein Fotoreporter, der den Alten bat, alle Orden an seine Brust zu heften, links die sowjetischen, rechts die deutschen. Das war ein ordentliches Stück Arbeit, und die Orden hatten ihr Gewicht. Als er fertig dekoriert war, fotografierte ihn der Reporter mit dem großen Tor im Hintergrund. Sein Enkel kam mit ausgebreiteter Zeitung auch ins Bild.

»Sehe ich nicht aus wie ein Marschall der Sowjetunion?« lachte der alte Mann und knuffte den Jungen in die Seite.

Der Reporter gab ihm zwanzig Mark. Der Alte wollte nichts geschenkt haben und überreichte ihm den Orden für die Erstürmung von Kaliningrad. Aber der Reporter mochte keine Orden.

»Junge, was war das für ein Sieg!« rief der Alte und

klopfte seinem Enkel auf die Schulter. »Als ich heim-kehrte, sprachen mich die Leute auf der Straße an. Alex-ander, sagten sie, wir haben dich mit Alexej auf dem Tor gesehen. Solange Alexej noch lebte, bin ich mit ihm Jahr für Jahr nach Moskau gefahren zur großen Parade am neunten Mai.«

Am nächsten Morgen erschien ihr Bild in der Zeitung. »Veteran der Roten Armee vor dem Brandenburger Tor« lautete die Überschrift.

In einer kurzen Notiz auf der letzten Seite berichtete die Zeitung, daß einige tausend Moskauer den 47. Tag des Sieges gefeiert hätten. Es sei schönes Wetter gewesen.

Verschollen in Königsberg

»Ich bin auch Deutscher«, sagte der Mann zu den Touristen, die den Bus verließen.

Einige wollten ihm ein Markstück in die Hand drücken, doch er schüttelte stolz den Kopf. Nicht als Bettler stand er an der Bushaltestelle vor dem Schiff, er suchte einen Namen, den deutschen Namen Gabler.

»Heißt hier einer Gabler?« rief der Reiseleiter über die Köpfe hinweg.

Nein, wie ein Bettler sah er nicht aus. Seine braune Hose zeigte Andeutungen von Bügelfalten, die Schuhe waren blank gewienert, das hellgrüne Hemd ohne Flecken wie frisch gewaschen. Sein ergrautes Haar hatte er sorgfältig zurückgekämmt, Scheitel auf der rechten Seite. Die Oberlippe bedeckte ein Bärtchen, wie es vor einem halben Jahrhundert gern getragen wurde.

Die am Hafen nannten ihn Pjotr. Wenn sie ihn nach seinem Alter fragten, zuckte er die Schultern. Er besaß keine Papiere und kannte auch keinen, den er fragen konnte.

»Ich bin auch Deutscher.«

Den Satz beherrschte er akzentfrei, er sagte ihn auf, wenn die Busse kamen, rief ihn den sommerlich gekleideten Urlaubern nach, die aufs Schiff gingen, wo sie wohnten, schliefen, aßen und tranken. Oft lungerte er bis zum Abend am Kai, saß mit den Möwen auf einer Mauer aus bröckelnden Ziegeln, lauschte der Musik, die aus der Bar des Schiffes übers Wasser wehte, und beobachtete die Deutschen, die sich auf dem Oberdeck versammelten, zur Stadt blickten, pausenlos fotografierten und nicht müde wurden, über die Vergangenheit zu sprechen. Ja, damals war die Stadt noch heil und schön, als sie den Deutschen gehörte, die nun gekommen waren, sie vom Schiff aus zu betrachten.

Meistens vertrieben ihn die Wachmannschaften, wenn sie bei Einbruch der Dunkelheit aufzogen.

»Geh nach Hause, Pjotr!« riefen sie. »Du hast hier nichts zu suchen.«

Ja, die Deutschen ließen ihre bunten Autos bewachen, die vor dem Schiff parkten, auch die goldenen Ringe, die die Frauen trugen, ihre Bernsteinketten und schönen Kleider, außerdem wollten sie unter sich sein.

Wenn die Wachen mit ihm schimpften und ihn fortjagten, wußte Pjotr sich nicht anders zu helfen als mit dem einen Satz: »Ich bin auch Deutscher.« Er gehörte auch auf das schöne Schiff, an die weißgedeckten Tische, an die Bar mit der leisen Musik.

Seit drei Jahren lernte Pjotr die fremde Sprache. Damals hatte er einen getroffen, der ihm sagte, es sei die Sprache der Zukunft. Also fing er an, sich mit ihr zu beschäftigen, zuerst mit den Zahlen. Außer dem einen Satz kannte er noch allerlei Sprüche und Worte wie Krieg, Sieg Heil, Lorbaß, Heimat deine Sterne und Vergißmeinnicht. Er hatte sich oft gewundert, wie vertraut ihm einige Worte klangen, als hätte er sie schon oft gehört in einem früheren Leben. Er suchte die Sprache auch in alten Dokumenten, die die Deutschen zurückgelassen hatten und die er hier und dort fand, in verblaßten Hausinschriften und auf Friedhöfen außerhalb der Stadt, zu denen er hinausfuhr mit seinem Fahrrad. Einmal durfte er ein altes Haus betreten, um eine Schrift zu lesen, die in die grünen Kacheln über dem Küchenherd eingebrannt war: »Eigener Herd ist Goldes wert.« Pjotr notierte die Worte auf einem Zettel und fragte die Deutschen, die die Busse verließen, nach ihrem Sinn. Aber es war sehr schwierig, ihm diese Schrift zu erklären, bis heute hatte er sie nicht verstanden.

»Ich bin auch Deutscher«, sagte Pjotr. »Mein Name ist Gabler.«

»Den Namen Gabler gibt es in Deutschland tausendmal«, antworteten ihm die Reiseleiter, wenn er an den Bussen herumlungerte.

Auf der Mauer sitzend, drehte er sich Zigaretten und sprach deutsch mit den Möwen, die den Fluß heraufkamen, weil sie wußten, daß es sich in der Nähe des Schiffes gut leben läßt. Manchmal sang er »Kalinka«, denn sie hatten ihm gesagt, daß die Deutschen das Lied gern hörten. Er kannte auch »Ännchen von Tharau«, jedenfalls die erste Strophe. Wenn sie ihm nicht glaubten, daß er Deutscher sei, sang er ihnen das Ännchen vor. Dann lachten sie und zückten die Börsen, aber er nahm nichts von ihrem Geld an.

Eines Tages traf er einen, der Alfred Gabler hieß und aus Remscheid kam.

»Wir sind wohl Brüder«, meinte Pjotr.

»Ach du lieber Himmel, wenn alle Gablers Brüder wären, gäbe es eine riesengroße Familie«, lachte der aus Remscheid.

Pjotr erkundigte sich, warum Alfred Gabler die Stadt verlassen habe und ob er nun zurückkehren wolle.

»Nee, ich bin aus Remscheid, und Vater und Mutter sind auch aus Remscheid, und übermorgen fliege ich nach Remscheid zurück.«

Pjotr wollte ihm die Stadt zeigen, ihn auch dahin führen, wo die Gablers gewohnt hatten. Er kannte sich aus, hatte noch Erinnerungen an die hohen Trümmerberge, unter denen bis heute Zeugnisse aus alter Zeit lagerten, auch Schriftliches, sogar Bilder.

Der aus Remscheid nahm sich ein paar Stunden Zeit, um mit Pjotr durch die Stadt zu wandern. Als erstes steuerten sie der Domruine zu, die Pjotr schweigend umkreiste, bis sie vor dem Denkmal standen. Den Mann, dem das Denkmal errichtet war, kannte Pjotr, auch seinen Vornamen Immanuel, obwohl der nicht auf dem Stein stand.

»Der ist bald zweihundert Jahre tot«, sagte Alfred Gabler aus Remscheid.

Sein Begleiter behauptete, Pjotr sei nicht sein richtiger Name. Den habe man ihm vorläufig gegeben, bis zur Entdeckung des wahren Namens. Er war überzeugt, Adolf zu heißen. Als er geboren wurde, sei es Brauch gewesen, kleinen Jungen den Namen Adolf zu geben.

»Du mußt Vater und Mutter nach dem Namen fragen«, meinte Alfred Gabler aus Remscheid.

Pjotr lachte. »Es ist wohl wahr, daß jeder Mensch Vater und Mutter hat, ich auch, aber ich kenne sie nicht.«

Während sie durch die Stadt spazierten, holte Pjotr ein Päckchen aus der Jackentasche, löste die Verschnürung und reichte es zögernd weiter. Er tat sehr geheimnisvoll, als sei eine Kostbarkeit darin verborgen, die er eigentlich nicht aus der Hand geben dürfe. Als Gabler in das Päckchen schaute, entdeckte er verblichene Schwarzweißfotos. Eine Frau mit Pelzmütze neben einem Kinderwagen. Spielende Kinder an einem Sandstrand, dahinter eine bewaldete Steilküste. Ein Mädchen auf dem Schulweg. Dasselbe Mädchen mit Blumenstrauß auf einem Bahnsteig, im Hintergrund Uniformierte und eine Hakenkreuzfahne. Ein pausbäckiger Junge barfuß auf einem Pferd. Ein brennendes Haus. Eine Straße, zugeschüttet mit Trümmern. Ein Soldat vor einem geschmückten Tannenbaum mit einem Kind auf dem Arm.

Der aus Remscheid fragte, ob Pjotr das Kind sei.

Der lachte. »Kann sein, kann nicht sein.«

Er streckte den Arm aus und zeigte zu einem fernen Punkt. Dort habe er die Bilder gefunden. Als Junge habe er gern die zerstörten Häuser aufgesucht und in ihrem Schutt gewühlt. Messer, Gabeln, Kochtöpfe gab es zu finden, manchmal auch Bilder. Einige Fotos habe er auf Trödelmärkten außerhalb der Stadt erstanden.

Pjotr führte ihn zu jenen Straßen, die aus deutscher Zeit erhalten geblieben waren. Er lobte die Fassaden, die hohen Fenster, die Verzierungen über den Eingängen und sprach von guter deutscher Arbeit.

Manchmal blieb er stehen, berührte Hauswände, stieg Kellertreppen hinab, zählte Stufen, befühlte das Geländer und studierte Namensschilder. Endlich erreichten sie das Gebäude, von dem Pjotr behauptete, hier sei ein Gabler zu Hause gewesen.

»Wie kommst du auf den Namen Gabler?«

Pjotr drehte das Bild um, das den Soldaten mit dem Kind vor dem Tannenbaum zeigte. Auf der Rückseite stand, mit schwarzer Tinte geschrieben: Felix Gabler, Kriegsweihnacht 1943.

Und genau hier hatte er das Bild gefunden, lange nach dem Krieg, als sie anfingen, die Trümmer beiseite zu schaffen. In deutscher Zeit muß da ein dreistöckiges Haus gestanden haben, unten mit einer Kellerwohnung. Pjotr erinnerte sich an vier Stufen, die vom Bürgersteig abwärts führten und vor einer weißen Tür endeten. Eine

Glocke schellte laut. Hinter der Tür saß ein alter Mann, der mit einem Hammer auf dicke Gummisohlen einschlug. Es roch nach Leder und Kautabak.

»E-r-d-a-l«, sagte Pjotr und betonte jeden Buchstaben.

Jawohl, hinter dem Mann habe der Erdal-Frosch an der Wand gehangen, ein gräßliches, furchterregendes Tier. Er sei ein kleiner Junge gewesen und habe sich vor dem schwarzen Frosch sehr gefürchtet.

»Also eine Schusterwerkstatt«, sagte Gabler aus Remscheid.

»Der alte Mann ist mein Großvater gewesen«, behauptete Pjotr.

»Wie kommst du darauf?«

Nun ja, weil es in der Erinnerung diesen Frosch gab und einen alten Mann mit dem Hammer und eine Kellerwohnung vier Stufen abwärts und er hier im Schutt das Bild gefunden hatte.

Pjotr sagte, er lerne die deutsche Sprache, weil er an alle Gablers schreiben wolle. Nach einem Felix Gabler wolle er fragen, der Weihnachten 1943 in Wehrmachtsuniform vor einem Tannenbaum gestanden habe mit einem Kind auf dem Arm.

»Heute lernen viele Deutsch«, sagte er. »Weil die Deutschen bald wiederkommen werden und es gut ist, Deutscher zu sein und die deutsche Sprache zu sprechen. Damals haben mich die Deutschen vergessen, aber jetzt kommen sie wieder, und ein Felix Gabler wird sich daran erinnern, daß er ein Kind gehabt hat Weihnachten 1943.«

Pjotr strebte einem hohen Haus zu, dessen Backsteine jede Farbe verloren hatten und von dem er behauptete, es sei sein Zuhause. Seine Erinnerungen kreisten um viele Kinder, die mit ihm an langen Holztischen das tägliche Mittagessen eingenommen hatten. Als Erwachsener sei er später oft in das Haus gegangen, um sich nach seinen Papieren zu erkundigen. Aber sie fanden nur ein Datum: 15. Mai 1945. An dem Tag sei er eingeliefert worden, und weil er seinen Namen nicht wußte, nannten sie ihn Pjotr nach dem alten Soldaten, der ihn ins Haus gebracht hatte. In einer Kiepe, wie sie die Kartoffelsammler auf der Kolchose benutzten, habe er das Kind getragen, erinnerte sich eine der Frauen in dem hohen Haus. Gefragt, wo es ihm zugelaufen sei, habe er von einem leeren Haus am Fluß gesprochen. Er ist bestimmt ein Fritze, soll der alte Soldat gesagt haben.

»Also bin ich Deutscher.«

Pjotr glaubte daran, Brüder und Schwestern zu haben, die in Deutschland lebten. Die Deutschen werden wiederkommen, das wußte er sicher, vielleicht auch die Gablers. Die Deutschen werden den Dom aufbauen und die Schusterwerkstatt vier Stufen abwärts im Keller. Die Deutschen können das, sie haben den Affen erfunden, sie werden auch das schaffen. Aus Kasachstan sind schon viele gekommen, die ihr Leben lang russisch gesprochen haben, sich jetzt aber ihrer deutschen Vorfahren erinnern. Wir sind auch Deutsche, sagen sie, und einige heißen sogar Gabler.

Der aus Remscheid fragte nach Pjotrs Alter.

Er wußte es nicht.

Sein Leben fing am 15. Mai 1945 an, als der Soldat ihn im hohen Haus abgab, am 15. Mai feierte er auch seinen Geburtstag.

Jenen Offizier, der Weihnachten 1943 ein Kind auf dem Arm getragen hatte, hielt er für seinen Vater. Ein Offizier war er bestimmt, das war leicht zu erkennen. Wie er da stand auf dem Bild, so stolz und groß. Seine

Mutter stellte er sich als dunkelhaarige Sängerin vor, die auf den großen Bühnen des Landes aufgetreten war.

»Wir müssen wissen, woher wir kommen, damit wir erfahren, wohin wir gehen«, sagte Pjotr. Er war guter Hoffnung, das Rätsel seiner Herkunft zu lösen. Die Deutschen würden ihm dabei helfen.

Oft müsse er an seinen Vater denken, gab er zu. Der sei aus dem Krieg heimgekehrt und habe sein Kind nicht gefunden. Darauf habe er an die höchsten Stellen in Moskau und Berlin geschrieben, doch vergebens, denn das Kind hatte einen anderen Namen. Seine Mutter, die schwarzhaarige Sängerin, habe noch ein paar traurige Lieder gesungen, hinter der Bühne habe sie oft geweint aus Kummer über den verlorenen Sohn. Danach sei sie früh gestorben.

Bevor sie das Schiff erreichten, bekannte Pjotr, daß er nach Deutschland fahren werde, um dort seinen Namen zu suchen. Einer der vielen Busse werde ihn wohl mitnehmen. In Deutschland sei alles aufgeschrieben, die Geburten und Todesfälle, auch die Namen.

»So sind die Deutschen, sie schreiben alles auf.«

Mit dem Namen Gabler werde er beginnen, er sei sein Erkennungszeichen. Er werde nach Schuhmacherwerkstätten in Kellerwohnungen suchen, vier Stufen abwärts mit einer laut schellenden Glocke. In einem Geburtsregister werde er sich wiederfinden, irgendwo.

Vor dem Schiff hielten wieder die Busse. Pjotr schlenderte hinüber.

»Ich bin auch Deutscher«, sagte er zu denen, die gerade ausstiegen.

Dann setzte er sich auf die Mauer, drehte eine Zigarette und dachte an die schwarzhaarige Sängerin.

Lisas Vermächtnis

Weil die Stadt ins Grüne wucherte, immer mehr Wiesen, Äcker und Gehölz unter die Bagger und Raupenfahrzeuge gerieten, stießen sie endlich an Lisa Jensens Weidezaun. Dahinter grasten Osterlämmer mit ihren Muttertieren, spazierten braune Hühner zwischen blühenden Butterblumen und sonnte sich Lisas weiße Katze neben schwarzen Maulwurfshügeln.

Um über Jensens Hof zu reden, mußt du wissen, daß er zu den betagten Anwesen in unserer Gegend gehört. Das Wohnhaus, reetgedeckt, steht wie eine Burg auf der Warft, die Fenster sehen alt aus wie das Jahrhundert, die Haustür hätte gut und gern vom Alten Fritzen sein können, und der letzte Kaiser, wäre er nur in diese Gegend gekommen, hätte auch in Lisas guter Stube Platz nehmen können. Mit der Scheune steht es nicht zum besten. Ein Loch im Dach, groß genug für ein Heufuder, zur Sommerzeit scheint die Sonne hinein, und im Winter rieselt der Schnee. Ziegelrot leuchtet der Stall, der schon lange keine Kühe und Pferde mehr gesehen hat, auf dessen Boden aber noch Heuberge lagern, die im Jahre 1940, als das Gras reichlich wuchs, von der Dänenwisch eingefahren worden waren. Im Garten sterben alte Obstbäume. In nassen Jahren kann es vorkommen, daß die Johannisbeersträucher unter Wasser geraten, Mäuse, Igel und Maulwürfe in Lisas gute Stube flüchten müssen.

»Nun sind wir an Lisas Weidezaun«, sagte der Baudezernent in der Ratssitzung. »Na, das wird ein schweres Stück Arbeit.«

Lisa war einiges jünger als die reetgedeckte Kate, aber doch schon über achtzig. Die Leute sagten, daß sie eine von gestern sei. Sie lebte allein auf Jensens Hof, die Tiere nicht gerechnet. Das umliegende Land hatte sie in Pacht gegeben, nur die Hauskoppel behalten für die Hühner, die Osterlämmer und die weiße Katze. Sie hatte genug damit zu tun, braune Eier einzusammeln, die ihre Hühner im Stall, in der Scheune, manchmal auch in den Brennesseln verlegten. Am liebsten kümmerte sie sich um die Blumen an der Auffahrt, Bauernrosen, Astern und Phlox, die dort schon eine Ewigkeit blühten. Die Petersilie im Garten brauchte Lisa gegen ihre Kopfschmerzen.

Als die Stadt die Umgehungsstraße knapp hundertfünfzig Meter an Jensens Hof vorbei baute, wurde Lisa in ihrem 76. Lebensjahr schwerhörig und prozessierte mit dem Bauamt wegen einiger Arztrechnungen und etwas Schmerzensgeld. Die vom Bauamt sagten, die Schwerhörigkeit komme vom Alter, aber Lisa hatte die Umgehungsstraße im Verdacht. Sie ging danach nicht mehr in die Stadt. In der Kirche war sie zuletzt, als Grete Maaß totblieb und die vielen Stürme an Norddeutschlands Küsten brausten. Der Pastor war auch immer schwerer zu verstehen, nur die Orgel hörte sie noch gut. Was Lisa zum Leben brauchte, ließ sie sich bringen von einem Krämer, der auch Jensen hieß, aber nicht verwandt war, denn in dieser Gegend kamen die Jensens so häufig vor wie die Schafböcke hinter dem Deich. Lisa schrieb ihm Briefe, in denen sie mitteilte, was an Butter, Zucker, Salz und Mehl nötig sei. Jeden Dienstag kam er mit einem roten Lieferwagen den Weg raufgebraust, hupte laut, so daß die Tauben davonflogen und die Hühner in die Brennesseln flüchteten. Das meiste bezahlte Lisa mit braunen Eiern, die Jensen schockweise in Zahlung nahm, um sie in der Stadt als »frische Landeier« zu verkaufen.

Telefon hatte sie auf ihrem Hof nicht zugelassen. Der Bautrupp von der Post hatte das Kabel schon bis zum Fliederbusch verlegt, als Lisa entschied: Da wird nichts draus. Sie hatte den Aberglauben, wenn ein Mensch erst Telefon hat, kommen ihn auch bald die Räuber besuchen.

Elektrisches Licht war nach dem ersten Krieg auf den Hof gekommen, um die Häckselmaschine anzutreiben. Wasser sprudelte aus der Erde, und zwar reichlich; auch in heißesten Sommern litt das Vieh niemals Durst. Früher hatte Lisa das Wasser mit der Kraft ihrer Arme aus dem Brunnen gepumpt, jetzt besorgte das eine Windmühle. So hatte der Fortschritt auch seinen Einzug gehalten auf Jensens Hof, denn Wind gab es reichlich in dieser Gegend, soviel wie Schafböcke am Deich und Jensens in der Stadt.

Zu ihrem Sechzigsten hatten ihr gute Freunde einen Fernsehapparat geschenkt, der nur schwarzweiße Bilder hergab. Der Kasten machte ihr viel Spaß, aber als er kaputtging – das geschah in dem Jahr, als Peter Frankenfeld das Zeitliche segnete –, ließ sie ihn nicht reparieren. Seitdem stand er in der guten Stube und glotzte sie traurig an.

»Also, das mit Lisa wird ein schweres Stück Arbeit«, sagte der Baudezernent zu seinen Leuten. »Briefeschreiben hat überhaupt keinen Zweck, die beantwortet sie nicht, obwohl sie von Haus aus gut in Lesen und Schreiben ist. Es muß einer hin, der mit ihr zu reden versteht, so richtig von Mensch zu Mensch. Friedrichsen, du bist dran.«

Bei schönem Wetter im Mai fuhr Friedrichsen, der eigentlich nur ein kleines Licht im Bauamt war, aber mit den Leuten zu reden verstand, zu Jensens Hof, und zwar mit dem Fahrrad, um guten Eindruck zu machen und das Gespräch nicht gleich wieder auf die Umgehungsstraße und die Schwerhörigkeit zu bringen. Er tat auch so, als komme er gerade auf einer Spazierfahrt vorbei und nicht in amtlicher Eigenschaft.

»Ich hab' dich im Garten arbeiten sehen, Lisa, und wollte bloß mal guten Tag sagen. Ich bin Friedrichsen vom Bauamt.«

Lisa sagte, daß sie nur einen Paulsen vom Bauamt kenne, aber der sei auch schon lange tot, der habe den Prozeß nicht überlebt.

Der Besucher lehnte sein Fahrrad an den Zaun und fragte, ob es denn noch Spaß mache, so allein auf einem großen Hof zu leben.

»Einer muß doch die Stellung halten«, antwortete Lisa und lachte.

Da fing Friedrichsen an, von seiner Mutter zu erzählen, die er vor einer Woche ins Heim Königsborn gebracht hatte. In diesem Königsborn bekommt jeder eine eigene Stube mit Farbfernseher. Tagsüber spielen die alten Leute Karten, stricken, häkeln oder spazieren durch die Tannenschonung zum Blocksberg hin und zurück. Auch ein Doktor ist im Haus für alle Fälle, an die sechs, sieben Krankenschwestern versorgen die, die schlecht zu Fuß sind. Jeden Sonntagmorgen halb zehn gibt es Gottesdienst live, abwechselnd evangelisch und katholisch, und Besuch kannst du haben jeden Tag vom Wecken bis zum Schlafengehen.

»An Königsborn habe ich auch schon gedacht«, meinte Lisa. »Bloß meinen Schafbock werden sie da nicht mit einziehen lassen und die Katze wohl auch nicht.«

Friedrichsen kratzte sich den Kopf. »Man müßte mal nachfragen, ob es eine Stelle gibt, die auch Tiere aufnimmt. Vielleicht geht das in Seligenheim.«

Friedrichsen sprach über die Beschwerlichkeit des Alters. Was kann da alles passieren? Auch wenn einer plötzlich krank wird und allein haust in so einer Kate weit ab von allem. Schließlich brachte er die unsicheren Zeiten ins Spiel, die vielen Räuber und Einbrecher. Na, du weißt schon. »Auf Dauer kannst du hier nicht bleiben, Lisa.«

»Von Dauer kann keine Rede sein«, antwortete sie. »Du weißt doch, Friedrichsen, wenn's hochkommt, sind's achtzig Jahre, und wenn es köstlich gewesen ist, so ist es Mühe und Arbeit gewesen.«

Friedrichsen vom Bauamt hob die Stimme und wurde nun doch ein wenig amtlich, als er heftig am Gartenzaun rüttelte und erklärte, daß die Stadt aus allen Nähten platze. Von überall her strömten Menschen herein, es müsse gebaut werden noch und noch, um sie unterzubringen. Und da liege justament im zweiten Bauabschnitt der Jensen-Hof an der Umgehungsstraße, gut erschlossen, flacher Boden, Eins-a-Bauland. Um es kurz zu machen: Die Stadt brauchte Lisas Hof, um Wohnhäuser zu bauen für die vielen Menschen.

Lisa wischte ihre Hände an der Schürze ab und lud Friedrichsen ein, mit ihr ins Haus zu kommen.

»Es wäre ja schon genug, wenn du uns die Hauskoppel gibst«, redete Friedrichsen auf sie ein. »Die Kate kann meinetwegen stehenbleiben, aber ein angenehmes Leben kannst du darin nicht mehr führen neben fünfstöckigen Wohnhäusern, und mit deinen Hühnern und Katzen muß es auch ein Ende haben. Da wäre es schon besser, gleich nach Seligenheim zu ziehen.«

Lisa bot ihm einen Stuhl an, schob einen Aschbecher über den Tisch und fragte, ob er Durst oder Hunger habe. Er machte es sich bequem, bewunderte Lisas Fernseher und wollte gerade eine Zigarette anstecken, als Lisa sagte: »Da wird nichts draus! Der Hof bleibt, wie er ist.«

Sie ging zum Vertiko, zog eine Schublade heraus und wühlte in alten Papieren.

»Einer muß die Stellung halten«, sprach sie leise und drückte dem Besucher ein Schriftstück in die Hand, einen maschinengeschriebenen Brief, bestimmt ein halbes Jahrhundert alt, oben und unten ein Stempel mit Hakenkreuz.

»Bei den schweren Abwehrkämpfen am Donezbogen ist Ihr Bruder, der Kanonier Rudolf Jensen, vermißt worden. Ich und alle seine Kameraden hoffen, daß er noch unter den Lebenden weilt. Ich werde mich melden, sobald ich Näheres über das Schicksal Ihres Bruders in Erfahrung gebracht habe.

Heil Hitler, Pfeiffer, Kompanieführer«

Friedrichsen las den Brief wieder und wieder.

»Ich muß für meinen Bruder die Stellung halten«, hörte er Lisas Stimme.

»Mein Gott, das ist dreiundfünfzig Jahre her«, sagte Friedrichsen.

»Ja, denk bloß mal«, seufzte Lisa. »So lange her und noch immer vermißt. Dieser Pfeiffer wollte sich melden, sobald er Näheres in Erfahrung gebracht hat, aber bis heute ist keine Post gekommen.«

»Wie alt ist dein Bruder?«

»Im nächsten September wird er achtundachtzig.«

»Ein schönes Alter«, meinte Friedrichsen. »Die meisten erleben das gar nicht.«

Lisa faltete den Brief zusammen und trug ihn zurück in die Vertikoschublade.

»Für solche Fälle«, fing Friedrichsen vom Bauamt an, »für solche schweren Fälle, wenn Menschen gar zu lange verschollen sind, hat das Gesetz die Todeserklärung vorgesehen. Da wird ein Anschlag ans Schwarze Brett geheftet und der Vermißte aufgefordert, sich innerhalb von sechs Monaten zu melden, andernfalls er für tot erklärt wird.«

»Und wo hängt der Zettel?« fragte Lisa.

»Bei uns im Amtsgericht.«

»Ihr seid wohl ganz und gar dösig«, schimpfte sie. »Wie soll ein Mensch, der am Donezbogen vermißt gegangen ist, zum Schwarzen Brett in unsere graue Stadt am Meer kommen, um euren Anschlag zu lesen?«

»Die Stadt übernimmt auch die Kosten.«

»Nein, das laß man«, wehrte Lisa ab. »Ihr könnt viel für tot erklären, es ist ja doch nur Papier. Aber ich werde keine Nacht mehr ruhig schlafen, weil ich immer denken muß, wie mein Bruder eines Tages nach Hause kommt, unseren Hof besuchen will, aber nur fünfstöckige Wohnhäuser findet.«

»Hat dein Bruder Kinder?«

»Hat er nicht, und ich hab' auch keine.«

»An wen soll der Hof fallen, wenn du einmal nicht mehr bist?«

»Das mag Gott wissen«, sagte Lisa Jensen. »Aber solange ich lebe, gebe ich ihn nicht her. Einer muß die Stellung halten. Es kommen jetzt viele aus dem Osten, aus

Mecklenburg und Brandenburg, Polen, Rußland und von den Kirgisen. Wenn er noch lebt, wird er auch kommen.«

Lisa hatte es sich schon vor Jahren ausrechnen lassen, daß es vom Donezbogen bis zur grauen Stadt am Meer bummelige dreieinhalbtausend Kilometer sind, gewiß kein Pappenstiel für einen Achtundachtzigjährigen.

»Aber wenn er lebt, wird er kommen, jetzt wird er kommen.«

Friedrichsen erwähnte noch, daß die Stadt eine halbe Million für die Hauskoppel ausgeben könne und bis zu einer Million für den ganzen Hof.

»Da kannst du dir ein schönes Leben von machen und in der Welt herumreisen bis zum Donezbogen und wieder zurück.«

Lisa lachte. »Mein Vater ist zehnfacher Millionär gewesen im schlimmen Jahr 1923. Und nichts davon ist geblieben. Nein, mit Millionen ist bei mir nichts zu machen, Friedrichsen. Wenn mein Bruder meint, er müßte das Geld haben, soll er das Land verkaufen, aber ich brauche keine Millionen!«

Als Friedrichsen schon an der Tür war, fiel ihm noch dieses ein: »Es gibt auch die Möglichkeit, dein Grundstück zu enteignen, Lisa. Wenn die Stadt ein Stück Land dringend braucht für öffentliche Zwecke, kann sie es sich nehmen. Als Entschädigung gibt es dann aber keine Millionen.«

»Dringend für öffentliche Zwecke!« wunderte sich Lisa. »Was ist das für ein Schweinkram, Friedrichsen? Ich denk', Deutschland ist ein Land, in dem Recht und Gesetz gelten. Hast du nicht in der Schule gelernt, wie es dem Müller von Sanssouci ergangen ist?«

Wochen später kam wieder einer von der Stadtverwaltung, der hieß auch Jensen. Lisa wollte ihn schon vom Hof jagen, ließ ihn aber doch ums Haus wandern und sah, hinter der Gardine stehend, wie er an den Wänden kratzte, gegen die Eichenbalken klopfte und wunderliche Notizen auf einen Zettel schrieb. Danach kam er ins Haus, saß genau auf dem Stuhl, auf dem Friedrichsen gesessen hatte, und ließ sich Lisas alte Papiere zeigen. Als er las, daß die Bauernkate schon auf der Warft stand, als Wallenstein in dieser Gegend zu tun hatte, daß sie in der langen Zeit von keinem Sturm geworfen, von keinem Feuer eingeäschert worden war, daß weder Dänen, Preußen, Franzosen oder Engländer ihr etwas zuleide getan hatten, da nahm er einen Bogen weißen Papiers und schrieb in schöner, ruhiger Handschrift, daß er den Jensen-Hof unter Denkmalschutz stelle.

So kam es, daß die graue Stadt am Meer vor Lisas Weidezaun enden mußte. Rudolf Jensen war inzwischen 90 Jahre alt und immer noch vermißt am Donezbogen.

Die ermländische Maria

Es ist bald fünfzig Jahre her, und keiner weiß mehr, wie die Maria ins Münsterland gekommen ist, damals mit den vielen. Katholisch war sie ja, wenigstens das. Sie kam aus dem Ermland, das auch keiner mehr kennt, und das war katholisch. Außer ihrem Glauben brachte sie nichts mit. Ein Tuch um den Kopf gewickelt, eine Decke unter dem Arm, Holzschuhe an den Füßen, so hielt sie Einzug in Westerfede. Verwandtschaft besaß sie keine. Vater und Mutter hatte sie im Ermland begraben, ein Bruder war im Krieg geblieben. Kann sein, daß sie Läuse mitbrachte und dreckige Füße wie die vielen, die damals aus dem Osten kamen.

In die Schule mußte sie nicht mehr. Sie hatte schon im Ermland genug gelernt und konnte gleich mit der Arbeit beginnen. Arbeiten lag ihr, der Maria. Barfuß lief sie über den Hof, schüttete den Schweinen die Tröge voll und tränkte die Kälber. Im Apfelgarten hängte sie die Wäsche, sorgte sich ums Feuer im Ofen, war morgens die erste in der Küche und abends die letzte.

Ihre Sprache klang sonderbar. Nur das Vaterunser konnte jeder verstehen. Beim Singen in der Kirche fiel ihre Fremdheit nicht sonderlich auf, aber wenn sie die Hühner rief, klang es ausländisch. Dieses Ermland soll ja dicht an Polen liegen. So sprach sie auch.

Sie war fünfzehn, als sie nach Westerfede kam und auf Havensteins Hof mit der Arbeit anfing. Die Brüder

Havenstein, die den Krieg über mit französischen Gefangenen und einem Mädchen aus der Ukraine gewirtschaftet hatten, nahmen sie als Magd für Küche, Haus und Garten, auch zum Melken. Im Dorf redeten sie davon, daß einer der beiden Brüder die Maria wohl heiraten werde, wenn sie sechzehn Jahre alt ist, denn vor sechzehn ging Heiraten nicht nach Recht und Gesetz. Aber die Havensteins wollten sich, nachdem sie die längste Zeit ihres Lebens ledig gewesen waren, im Alter nicht mehr auf so ein Abenteuer wie Heiraten einlassen. Auch wußten sie nicht, wer von ihnen die Maria heiraten sollte, denn einer ging nur nach Recht und Gesetz. Mit ihrer Arbeit waren sie sehr zufrieden. Wenn es nach den Brüdern gegangen wäre, hätte die Maria bis ans Lebensende auf Havensteins Hof bleiben können. Danach werde man weitersehen.

Zu Martini kam Hans Tönnies aus Gefangenschaft, Sohn des größten Bauern in Westerfede. Als er sich ausgeschlafen hatte von vier Jahren Gefangenschaft, ging er sonntags in die Kirche, um Gott zu danken, und kam, wie der Zufall es will, auf einer Bank zu sitzen gleich hinter der ermländischen Maria. Jahre später sagte der Pfarrer, daß es wohl nicht der Zufall, sondern Gottes Fingerzeig gewesen sei, der Hans Tönnies auf gerade diese Kirchenbank gebracht habe. Während der Pfarrer den Heiligen Geist aussandte, die Gemeinde betete, der Chor die Himmel rühmen ließ, während Weihrauch wie süßlicher Nebel durchs Kirchenschiff wallte, verliebte sich Hans Tönnies in die Maria, und das schon eine Woche nach seiner Heimkehr aus Kriegsgefangenschaft.

Er besuchte nun öfter Havensteins Hof, um die landwirtschaftlichen Dinge zu besprechen, warf nebenbei ein Auge auf das Mädchen und ihre Arbeit, fragte die Brüder nach der Küche und der Reinlichkeit. Als die Maria das sechzehnte Jahr vollendet hatte, kurz nach Lichtmeß, sprach er sie auf halbem Wege zwischen Waschküche und Kuhstall an. Sie wurde rot wie ein Dachziegel, und die Brüder Havenstein wunderten sich, daß die Kartoffelsuppe an jenem Tage salzig schmeckte.

Das wird nichts, entschied der alte Tönnies. Sie mag ein tüchtiger Mensch sein, aber sie ist arm wie eine Kirchenmaus und bringt nicht mal einen Satz Bettwäsche in die Ehe, von Kochtöpfen und Silberbesteck ganz zu schweigen. Außerdem spricht sie kein richtiges Deutsch. Die kommt aus der polnischen Gegend, am Ende ist sie gar keine Deutsche. Katholisch ist sie ja, na gut, aber katholisch allein reicht nicht. Auch weiß keiner, ob das Mädchen gesund ist. Was diese Leute auf der Flucht mitgemacht haben, davon ist bestimmt was hängengeblieben. Vielleicht hat sie die Schwindsucht. Jedenfalls gibt es, seitdem die Maria hier ist, Läuse in Westerfede. Die Brüder Havenstein mußten die Apotheke leerkaufen, um das Mädchen sauberzukriegen. Deshalb, lieber Sohn, sieh dir die Schönen des Münsterlandes an, aber verschon uns mit einer polnischen Schwiegertochter.

So stand es um die Liebe in Westerfede zu jener Zeit, als die aus dem Osten kamen. Das liegt ein Menschenleben zurück, und keiner weiß mehr davon.

An den Sonntagen saßen die beiden nun nicht mehr hintereinander, sondern nebeneinander in der Kirchenbank. Palmarum gingen sie nach dem Gottesdienst zum Pfarrer, um ihm vorzutragen, wie es um sie stand.

Liebt ihr euch wirklich? fragte der fromme Mann.

Ja, antworteten die beiden.

Dann haltet zusammen und heiratet.

Es wurde ja man eine billige Hochzeit. Die Braut lieh sich Kleid und Schuhe in der Stadt, sie trug keine Strümpfe. Da sie keine Verwandtschaft hatte, konnte sie auch keinen einladen, eben nur die Brüder Havenstein, die im Gehrock und Zylinder kamen. Die Brüder sorgten auch für gutes Essen. Der alte Tönnies verbrannte die Einladung und fuhr am Hochzeitstag mit Pferd und Wagen nach Tecklenburg auf den Ochsenmarkt. Von Diepholz kam einer per Fahrrad, von dem Hans Tönnies behauptete, er hätte mit ihm im Kessel von Demjansk in zwei Meter hohen Schneewehen gelegen. Der Pfarrer segnete sie, Maria weinte, die Glocken läuteten. Das war schon alles, nachmittags um halb vier.

Weil Hans Tönnies nicht mehr auf den väterlichen Hof zurückkonnte, nahm er eine Stelle an als Vertreter für landwirtschaftliche Düngemittel. Da reiste er viel durch die Gegend und verdiente gutes Geld. Die junge Frau wirtschaftete weiter auf Havensteins Hof, in ihre Kammer zog nun auch der herumreisende Ehemann ein.

Bald kam Post vom Gericht. Das Grundbuchamt schrieb an Hans Tönnies, sein Vater habe den größten Bauernhof von Westerfede einem entfernten Verwandten bei Warendorf übergeben gegen gutes Altenteil und Leibrente. Für den leiblichen Sohn bleibe nichts übrig, weil der das vierte Gebot mißachtet habe.

Zu dieser Zeit griff wieder einer von oben ein wie damals auf der Kirchenbank. Die Brüder Havenstein dachten, die Maria könnte ihnen verlorengehen, wenn sie als Düngemittelvertretersfrau mit ihrem Mann das schöne Münsterland bereiste. Deshalb übertrugen sie ihr den Hof für das Versprechen, bei ihnen zu bleiben und sie in kranken und schwachen Tagen zu pflegen bis an ihr Lebensende. Da sie keine Nachkommen besaßen, den

Namen Havenstein aber in Ehren halten wollten, äußerten sie auch den Wunsch, die Maria möge ihren Namen annehmen, Hans Tönnies natürlich auch, denn damals ging es noch nicht, daß Eheleute verschiedene Namen trugen. Hans Tönnies hörte auf, mit Kunstdünger herumzureisen, ließ sich umschreiben in Havenstein und wurde Bauer auf dem Hof seiner Frau. Kinder bekamen die beiden auch, und zwar reichlich. Und immer, wenn sie eines zur Taufe brachten, erinnerte der Pfarrer sie an Gottes Fingerzeig auf der Kirchenbank. Der Name Tönnies ist danach in Westerfede ausgestorben, aber Havensteins gibt es noch mehr als ein halbes Dutzend.

Old Danish Silver

Zum siebzigsten Geburtstag schenkten sie ihr eine Reise zur guten Nordseeluft. Dänemark ist kein richtiges Ausland, sagten sie, um Anna zu beruhigen. Danach mieteten sie ein Haus in den Dünen, in dem Anna eine Stube im Obergeschoß bekam mit Blick über den gelben Sand zum Meer hin. Sollte es Sturm geben, wird es gegen die Fensterscheiben drücken und durchs Gebälk pusten, sagten sie. Aber der August macht keine Stürme.

Ihre Tage verbrachte Anna am liebsten auf der Terrasse an der guten Luft. Sie sah den ein- und auslaufenden Schiffen nach und zählte die Türme in der Ferne. Das mußte wohl Esbjerg sein.

Sie möchte mal in die Stadt fahren, sagte Anna eines Abends, als sie vor dem Haus saßen, den Funken nachschauten, die aus dem Kamin in die Abenddämmerung flogen, und den Möwen, die lautlos über der Heidelandschaft kreisten. Frederik kam aus Esbjerg, sagte sie. Der war Fremdarbeiter auf Engeles Hof in Westercelle ... bis 45.

Sie überschlugen im stillen, daß Anna damals zwanzig Jahre alt gewesen sein mußte, vielleicht war sie mit diesem Frederik befreundet. Das dachten sie nur, aber sagten es nicht. Anna war unverheiratet geblieben. Mag sein, daß der, den sie haben wollte, 1945 nach Esbjerg gegangen war. Aber keiner wagte es zu sagen.

»Frederik sah nicht so aus, wie man sich einen Fischer

vorstellt«, erzählte Anna. »Er war eher klein und dunkelhaarig, auf Engeles Hof arbeitete er mit den Pferden ... bis 45.«

»Das ist ein halbes Jahrhundert her«, bemerkte jemand, als sei ein halbes Jahrhundert eine Ewigkeit und die Erinnerung daran nicht mehr wahr.

»Aber er könnte noch leben«, meinte Anna. »Frederik war in meinem Alter, als er mit den Pferden arbeitete.«

Sie wird mit ihm befreundet gewesen sein. Und hier ist es ihr wieder eingefallen, als sie die Schiffe sah, die nach Esbjerg fuhren und von Esbjerg kamen, und die Türme über den Dünen.

An einem regnerischen Tag fuhren sie nach Esbjerg, natürlich nicht, um diesen Frederik zu suchen, von dem Anna nicht einmal den Nachnamen wußte, geschweige denn eine Adresse. Sie erwähnte ihn nicht mehr, sprach davon, daß sie Andenken kaufen wollte, vielleicht ein Stück Porzellan oder eine Kette aus Silber oder schöne bunte Steine.

In der Fußgängerzone kamen sie zu einem Kramladen, vollgestopft mit alten Bildern, Holzschnitzereien, Vasen, Münzen, präparierten Eulen, abgelegtem Schmuck und jenem Trödel, den Seefahrer von den fünf Kontinenten mitbringen, wenn sie für immer an Land gehen. »Old Danish Silver« stand über der Eingangstür.

Als Anna eintrat, erhob sich aus der Fülle der toten Paviane, Ottern und Krokodile ein junger Mann, verneigte sich tief und lächelte. Er schien das einzige Lebewesen in dem verstaubten, mit Spinnweben durchzogenen Raum zu sein.

Sie suche nichts Bestimmtes, sagte Anna, sie wolle nur mal schauen.

An Korbsesseln, Krügen und Truhen vorbei, unter

hängenden Fischernetzen und ausgestopften Auerhähnen wanderte sie in den hinteren Teil des Ladens. Vor einer Vitrine voller Silber blieb sie stehen. Unter mattem Glas lagen Armreifen, Broschen, Ketten und Silberbestecke ungeordnet neben- und übereinander, einige Stücke von Grünspan bedeckt. Mit diesen Löffeln hatte lange keiner mehr gegessen. Ein greller Scheinwerfer beleuchtete die silbrigen Schätze und ließ sie matt funkeln.

Der junge Mann war ihr gefolgt, und als er sah, daß sie sich über das Silber beugte, öffnete er die Vitrine und deutete mit Gesten an, Anna solle nur hineinfassen und sich bedienen. Lächelnd stand er neben ihr, sah zu, wie sie das Silber berührte, die Gravur betrachtete, die einzelnen Stücke in den Händen wog, sie behutsam zurücklegte.

»Ach, das ist alles sehr alt«, flüsterte Anna beim Anblick eines Leuchters der Ostindischen Compagnie mit der Aufschrift »Batavia«.

In einem Lederetui, geschmückt mit den niedersächsischen Pferdeköpfen, entdeckte Anna sechs Messer aus Silber mit den Initialen P. v. R.

»Das kommt mir bekannt vor«, sagte sie laut und strich mit dem Finger über die kalte Schneide eines Messers, als sei da Staub zu entfernen. Sie setzte die Brille auf und studierte die Gravur.

»Wer hat Ihnen das verkauft?« fragte Anna.

Der junge Mann verstand nicht oder wollte nicht verstehen, jedenfalls zuckte er mit den Schultern und lächelte.

»Ich kann mir schon denken, wer das war«, fuhr Anna fort. »Ein gewisser Frederik, ein kleiner, dunkler Mann mit hellen Augen, der auf Engeles Hof gearbeitet hat ... bis 45.«

Sie tippte auf die Buchstaben.

»P. v. R. heißt Peter von Rosen, und das war mein Vater. Als die Engländer Hamburg zerstörten, schrieb er uns von der Front, wir sollten die Wertsachen aufs Land bringen, am besten zu Engeles nach Westercelle. Das war eine entfernte Verwandtschaft meiner Mutter. Haben sie Hamburg in Schutt und Asche gelegt, werden sie auch Hannover bombardieren, schrieb er. Aber Engeles Bauernhof, am Waldrand gelegen, hielt er für ein sicheres Versteck.

Wir packten das gute Geschirr und unser Silber in Holzkisten. Engeles schickten ein Pferdefuhrwerk in die Stadt und diesen Frederik, den Fremdarbeiter aus Dänemark. Ich saß neben ihm auf dem Bock, als wir unsere Wertsachen aufs Land fuhren. Unterwegs erzählte er von der Seefahrt, in der er sich besser auskannte als in der Landwirtschaft, weil er von Esbjerg schon oft zum Fischen bis nach Island gefahren war, bevor sie ihn nach Westercelle zu den Pferden holten. Am Abend vergruben wir die Holzkisten in Engeles Apfelgarten.«

Der junge Mann lächelte, als hätte er alles verstanden. Da er dachte, Anna wolle die Silbermesser kaufen, fing er an, den Staub mit einem Tuch abzuwischen und die Stücke in rotes Papier zu wickeln.

»Im April kamen die Engländer nach Westercelle. Da schlich Frederik nachts in den Apfelgarten und grub unsere Kisten aus. Das Geschirr war ihm zu schwer, um es nach Dänemark zu tragen, aber das Silber schüttete er in einen Rucksack und nahm es mit nach Esbjerg. Frau Engele sah vom Fenster aus, wie er nachts im Apfelgarten wühlte, aber sie wagte nicht, ihn zur Rede zu stellen, denn Frederik gehörte damals zu den Siegern.«

Der junge Mann verschnürte das Päckchen und schob es Anna über den Ladentisch.

»Ich muß Ihnen leider sagen, daß dieses Silber gestohlen ist«, bemerkte Anna.

Er schrieb den Preis auf einen Zettel.

»Das ist fünfzig Jahre her, und ich will es Ihnen nicht vorwerfen, junger Mann, aber gestohlen bleibt gestohlen!«

Sie zahlte, was er verlangte. Sie zahlte in Mark, weil sie nicht genug dänisches Geld bei sich hatte. Außerdem kam das Silber aus Deutschland, und Anna hielt es für angemessen, es mit deutschem Geld zu bezahlen.

Nachdem der Handel abgeschlossen war und sie das Päckchen in ihrer Handtasche verstaut hatte, bat sie ihn, in den alten Büchern nachzuschauen. Vielleicht gebe es da einen Hinweis über die Person, die das Silber in diesen Laden gebracht hatte.

Der junge Mann lächelte, verstand aber nicht. Nun erst merkte sie, daß er noch kein Wort gesprochen hatte.

Er ist stumm, dachte sie, so stumm wie die ausgestopften Vögel unter der Decke.

Sie bat um einen Zettel und schrieb auf, was sie wünschte, in deutscher Sprache. Der junge Mann las es und eilte in sein kleines Büro. Anna sah durchs Glasfenster, wie er in alten Büchern blätterte. Nach einer Weile kehrte er zurück und schüttelte traurig den Kopf. Bevor er den Zettel an Anna zurückgab, schrieb er auf die Rückseite: »Die Menschen sterben. Was übrigbleibt, kommt zu uns in den Laden.«

Also eine Nachlaßauflösung. Jemand war gestorben, und die verwertbaren Reste seines Nachlasses hatten sie in diesen Kramladen gegeben, darunter das Silber, das Frederik 1945 in Engeles Apfelgarten gestohlen hatte.

Am Abend, als sie wieder vor dem Kamin saßen, zeigte Anna ihnen das Silber und erzählte seine Geschichte. Sie erzählte von der schlechten Zeit, als sie sogar an bedeutenden Feiertagen mit gewöhnlichen Blechlöffeln zu Tisch sitzen mußten und ihre Mutter dem Silberbesteck nachtrauerte, das in Dänemark auf weißen Damasttüchern auslag. Wenigstens ein paar Pfund Butter hätte Frederik für das Silber schicken können, sagte Annas Mutter damals.

Auf der Heimreise öffnete Anna, nachdem sie die dänische Grenze passiert hatten, das Lederetui und betrachtete die Silbermesser Stück für Stück.

»Ich möchte sie euch schenken«, sagte sie schließlich. Sie habe niemand, dem sie das Silber und seine Geschichte hinterlassen könne. Es bereite ihr Schmerzen, daran zu denken, daß eines Tages wieder eine Nachlaßauflösung stattfinden und jemand das Silber in einen Trödelladen geben werde. Nie wieder soll es in einem Apfelgarten vergraben werden.

Die letzte Reise in den Winter

Links mußt du fahren, Junge!

Ich weiß Bescheid, Vater!

Du wirst uns noch in den Graben kutschieren!

Ich fahre schon vierzig Jahre, mir brauchst du nichts zu erzählen!

Ich fahre sechzig Jahre mit Pferden, und ich bin dein Vater! Kennst du nicht das vierte Gebot?

Der Alte spuckte in den Schnee und schob sich ein Stück Kautabak in den Mund. Das half für eine Weile.

Hinter den Männern saß unter einer Plane, die sie aus alten Pferdedecken über den Wagen gespannt hatten, die Frau mit den drei Kindern.

Warum kommst du nicht zu uns, Opa? fragte sie. Bei uns ist es wärmer, und zu essen gibt es auch.

Zu Hause hätte ich bleiben sollen, da ist es auch warm, antwortete er.

Unser Ofen ist bestimmt schon kalt, bemerkte sie.

Auf meinem Hof liegt Holz für drei Winter, brummte der Alte. Der Keller ist voller Kartoffeln, auf dem Boden stehen fünf Säcke Mehl. Was braucht ein Mensch mehr?

Vielleicht sitzen ganz andere an deinem Ofen, sagte der Sohn. Oder sie haben eine Handgranate in die Stube geworfen.

Die beiden Männer saßen auf dem Brett, das sie quer über den Wagen gelegt hatten, zwischen sich einen halben Meter Abstand. Beine und Füße hatten sie in

Decken gewickelt, den Leib wärmte eine Pelzjoppe, den Kopf eine Mütze, unter der Mütze trugen sie Ohrenschützer. Der Sohn hielt mit der Linken die Leine, mit der Rechten die Peitsche, der Alte versteckte die Hände in unförmigen Fausthandschuhen.

Auf einer abschüssigen Strecke kam der Wallach ins Rutschen.

Du hättest ihn vorher beschlagen sollen, sagte der Alte.

Er ist beschlagen, Vater.

Aber er rutscht auf der Hinterhand, hast du es nicht gesehen?

Er rutscht, weil es glatt ist.

Den Wallach hättest du gar nicht mitnehmen sollen, der war schon immer wackelig auf den Beinen.

Aber er hat Kraft, Vater.

Die Frau reichte eine Scheibe Brot, mit Speck belegt, nach vorn, aber der Alte schüttelte mürrisch den Kopf. Als sie ihn drängte, als sie ihm immer wieder das Brot vors Gesicht hielt, schlug er es ihr aus der Hand, und es fiel in den Schnee.

Eine Weile schwiegen alle. Dann sagte die Frau: Ich hab' unseren ganzen Speck mitgenommen. Speck haben wir genug bis Weihnachten.

Der Alte hatte einen Krückstock bei sich, mit dem er manchmal gegen das Seitenstück des Wagens schlug, so als gäbe er den Takt an zu einer Melodie, die nur er kannte. Als er die Krücke durch die Luft schwang, um die Pferde anzutreiben, sagte der Sohn: Ich hab' hier die Peitsche, nicht du.

Ja, ja, du mußt immer das letzte Wort haben.

Wer fährt, hat zu sagen, erklärte der Sohn und knallte so laut mit der Peitsche, daß die Kinder erschraken und die Pferde in Trab fielen.

Fünfundsiebzig Jahre bin ich alt geworden und muß mir das von meinem eigenen Blut anhören, brummte der Alte.

Am besten, du kriechst zu den Kindern unter die Plane, Vater, dann haben wir beide Ruhe.

Ich bleib' hier hucken, so lange mir das paßt, ich will sehen, wohin du uns fährst.

Nach Preußisch-Eylau, Vater.

Du wirst nicht nach Preußisch-Eylau fahren! Domnau liegt näher. Da kennen wir den dicken Behrend, der kann unseren Wallach beschlagen.

Der Wallach ist beschlagen, Vater.

Aber er rutscht, bei jedem zweiten Schritt rutscht er auf der Hinterhand weg.

Wenn Eis ist, rutschen alle Pferde.

Der Alte summte ein Liedchen und schlug mit dem Stock den Takt gegen das Holz.

Sing nur, Opa, sing! rief die Frau aus der Dunkelheit des Planwagens. Das vertreibt uns die Zeit, die Kinder werden auch singen.

Er verstummte augenblicklich, spuckte braune Tabaksoße in den schmutzigen Schnee und starrte in die grauweiße Landschaft, die sich vom Horizont her zu verdunkeln begann.

Die Kinder sangen das Lied von der schwarzen Katze, die in den Schnee lief und mit weißen Hosen herauskam.

Fahr mehr am Rand, Junge! Da ist kein Eis, da rutscht es nicht so.

Ich weiß, wo ich zu fahren hab', Vater.

In den Graben wirst du fahren und uns allen den Hals brechen!

Vorn hielten die Wagen, weil ein Hindernis den Weg versperrte. Sie hörten Schreie und Fluchen.

Von klein an warst du bockig, sprach der Alte. Immer diese Widerreden. Ich hätte dir auch die Peitsche geben sollen, dann wärst du anders geworden.

Es kam einer vorbei, der sagte, auf der Kreuzung hätte es ein Unglück gegeben. Das müsse beiseite geräumt werden, dann gehe es weiter.

Gib mir die Leine und geh sehen, was los ist, sagte der Alte, aber der Sohn blieb auf dem Bock und gab die Leine nicht aus der Hand.

So ist das mit dem vierten Gebot, klagte der Alte. Ja, mein Ewald, der war aus anderem Holz geschnitzt, aber der mußte in Rußland fallen. Es fallen immer die Besten.

Wir könnten absteigen und uns die Beine vertreten, schlug die Frau vor, während sie darauf warteten, daß das Unglück auf der Kreuzung beiseite geräumt wurde.

Ihr wollt mich bloß loswerden! knurrte der Alte. Nein, ich bleib' hier hucken, egal, was passiert.

Als sie wieder fuhren, holte er die Pfeife aus der Joppe und stopfte sie mit selbstgeschnittenem Tabak.

Rauch man, Opa, das riecht so schön nach Sonntag, sagte die Frau.

Sie beugte sich mit der Zündholzschachtel nach vorn, ratschte zwei-, dreimal und gab ihm Feuer.

Wenigstens eine gute Frau hast du, sagte der alte Mann, als er die ersten Züge in die Winterluft gepafft hatte.

Von Osten her überholte sie die Abenddämmerung, deckte den Schnee zu, tauchte die vorausfahrenden Wagen in Schummerlicht und löschte die letzten hellen Streifen am westlichen Horizont.

Jetzt ist Melkzeit, sagte der Alte.

Wir haben genug Heu runtergeworfen und die Tränken gefüllt, ein paar Tage werden die Kühe ohne uns zurechtkommen, meinte die Frau.

Wären wir zu Hause geblieben, hättest du wenigstens Milch gehabt für die Kinder.

Wer zu Hause bleibt, braucht keine Milch für die Kinder, erklärte der Sohn.

Die Frau hielt eine Kanne hoch und sagte, sie habe drei Liter Milch mitgenommen. Für ein paar Tage werde das reichen. Sie müsse nur darauf achten, daß die Milch nicht zu Eisklumpen friere.

Es wird Zeit, dem Wallach Lappen um die Hufe zu wickeln, damit er nicht so rutscht, murmelte der Alte.

Wir haben keine Lappen, Vater.

Na, es wird doch wohl ein Stück Kodder aufzutreiben sein, ein Handtuch oder ein alter Schal. Wenn sich das Pferd die Beine bricht, ist es aus mit deiner Fahrkunst. Beim dicken Behrend in Domnau kriegen wir bestimmt Lappen.

Aber wir fahren nicht nach Domnau, Vater. Alle Trecks fahren Richtung Preußisch-Eylau und wir auch. In Domnau ist schon der Krieg.

Zuschanden wirst du uns fahren, schimpfte der Alte.

Die Kinder begannen wieder zu singen, erst ein Frühlingslied, dann ein Gutenachtlied. Die beiden Männer hörten zu und vergaßen für eine Weile die Kälte, die von der Straße aufstieg, und den eisigen Wind, der von seitwärts wehte und Schneekrümel über die Felder trieb.

Sterben hätte ich auch zu Hause können, begann der Alte, als die Kinder schwiegen. Dafür braucht man sich nicht auf einer lausigen Chaussee herumzutreiben.

Aber keiner will sterben, Vater. Denk mal an die Kinder. Wir mußten fahren, nur wegen der Kinder.

Der alte Mann klopfte die Pfeife aus und stopfte sie umständlich neu. Die Frau kam wieder mit den Zündhölzern.

Vormittags drei und nachmittags Piep för Piep, sagte sie und versuchte zu lachen.

Der Alte hielt ihre Hand fest.

Sieh mal, wie dein Mann fährt! rief er. Wie der Lumpensammler mitten auf der Chaussee, wo es am glattesten ist. Ich hab' ihm zehnmal gesagt, er soll an der Seite fahren, aber er hat seinen Kopf für sich.

Ich bin über fünfzig Jahre alt und weiß, wie ich zu fahren hab'! schrie der Sohn.

Halt an! forderte der Alte und griff in die Leine.

Warum anhalten?

Weil ich absteigen will.

Der Wagen hielt. Von den nachfolgenden Fuhrwerken hörten sie lautes Geschrei, der erste Wagen überholte sie peitschenknallend, andere folgten. Der Alte warf den Krückstock seitwärts in den Schnee. Dann hangelte er sich am Seitbrett abwärts. Der Sohn sah schweigend zu, wie sein Vater zu den Pferden ging und ihren Hals tätschelte.

Na, was ist? schrie er schließlich. Wollen wir hier übernachten oder weiterfahren?

Fahr du weiter. Ich werd' zu Fuß nach Hause zurückgehen, da hab' ich meine Ruhe! rief der Alte hinauf.

Die Frau steckte den Kopf heraus.

Zu Hause ist keiner, Opa, da bist du ganz allein!

Na, die Kühe sind da und die Hühner und Katzen.

Sie stieß ihren Mann an und bat ihn, etwas zu sagen, etwas Versöhnliches, das den Alten zur Umkehr bewegen könnte.

Wer gehen will, muß gehen! antwortete der und blickte über die Tiere hinweg zu den vorausfahrenden Wagen.

Du bist wie er, sagte die Frau. Du hast den gleichen hitzigen Kopf, der niemals nachgeben kann.

Sie sprang auf die Straße und rannte dem Alten nach, der dem Strom der Treckwagen entgegenmarschierte.

Du hast doch gar nichts mit, Opa! rief sie, als sie ihn fast erreicht hatte. Kein Stück Brot, nichts Warmes zum Anziehen.

Es schien ihr, als verlangsamte er seine Schritte. Als sie ihn erreicht hatte, seinen Arm berührte und ihn festhalten wollte, gab er sich einen Ruck, trieb die Krücke in den harschen Schnee und schritt zügig voran. Er konnte nicht anders. Er hatte es nun mal gesagt, daß er nach Hause gehen werde, also mußte er gehen.

Die Frau kam zurück und weinte.

Soll das so zu Ende gehen auf dieser elenden Straße? fragte sie ihren Mann. Wenn du ihn jetzt gehen läßt, wirst du ihn nie wiedersehen.

Reisende soll man nicht aufhalten! antwortete er und sprach mehr zu sich als zu ihr von den Kindern, die leben müßten, und daß keine Zeit zu verlieren sei.

Die Frau stieg auf den Wagen, setzte sich zu den Kindern und verbarg das Gesicht in den Händen.

Auch wenn ich umkehre und ihn bitte, wird er nicht mitkommen. Ich kenne ihn, er ist wie ich. Wenn er geht, geht er.

Er gab den Pferden die Peitsche, der Wagen ruckte an.

Wo ist Opa? fragte eines der Kinder.

Opa geht nach Hause, antwortete die Frau, danach sangen sie Winterlieder.

Jahre später, wenn sie ihn fragten, wie es auf der Flucht gewesen sei und wo sein Vater begraben liege, sagte er immer: Unser Vater wollte lieber zu Hause sterben.

Roter Schnee

Die Morgenzeitung zeigte den Präsidenten, wie er auf dem Flugplatz der nordöstlichen Stadt die Maschine verließ. Auf dem Rollfeld erwartete ihn ein älterer Herr, neben ihm hochdekorierte Offiziere, die Brust geschmückt mit Orden und Ehrennadeln, ein kleines Mädchen überreichte einen Blumenstrauß.

»Nun ist der Präsident da, wo wir vor fünfzig Jahren lagen«, sagte Reschke zu seiner Frau und schob ihr die Zeitung über den Tisch.

»Aber der Präsident wird mit Blumen empfangen«, bemerkte die Frau.

»Uns empfingen sie mit Brot und Salz«, erklärte Reschke. »Jedenfalls am Anfang.«

Er las den Bericht wieder und wieder, schlug eine Landkarte auf, suchte die Stadt im Nordosten, zog einen roten Strich um sie, malte Kreise und Kreuze.

»Ich weiß nicht, ob wir in Pulkowo waren«, sagte er.

»Was ist Pulkowo?« fragte die Frau.

»So heißt der Flugplatz, auf dem der Präsident gelandet ist.«

Sie beschäftigte ihn den ganzen Tag, diese Reise des Präsidenten zu der Stadt, vor der sie neunhundert Tage gelegen hatten. Damals Bomben und Granaten, heute ein kleines Mädchen mit Blumen.

»Vielleicht ist der Präsident auch dabeigewesen«, fiel

ihm ein. »Er hat das Alter, er kommt aus der Zeit, als wir alle Uniform tragen mußten.«

Die Frau fragte, in welcher Zeit das gewesen sei, obwohl sie es längst wußte.

»Als die Belagerung anfing, war ich einundzwanzig«, antwortete Reschke. »Als sie aufhörte, war ich vierundzwanzig und zweimal verwundet.«

Abends wartete er auf Fernsehbilder von der Reise des Präsidenten.

»Das wäre schon etwas, wenn unser Präsident mit dabeigewesen ist und heute mit Blumen empfangen wird«, sprach er leise.

Die Auslandsreise des Präsidenten gehörte zu den ersten Meldungen. Das Fernsehen zeigte das Staatsoberhaupt in einem Menschenpulk, auf der Prachtstraße der Stadt entlangwandernd, dann auf einer Brücke stehend und schließlich vor einem Gemälde der Eremitage.

»Gut, daß wir damals nicht alles in Trümmer geschlagen haben«, kommentierte Reschke die Bilder. »Sieht doch schön aus, die Stadt.«

Der Reporter sprach vom Kontakt zu den einfachen Menschen. Mit Veteranen des Großen Vaterländischen Krieges habe der Präsident zu Mittag gegessen und anschließend an der Gedenkstätte für die Helden der Belagerung einen Kranz niedergelegt.

Danach zeigten sie in einer Sondersendung die Schönheiten der Stadt: die Weißen Nächte und die hochgeklappten Brücken, den Winterpalast und Schloß Peterhof.

»Stell dir vor, mitten durchs Schloß und den Park lief die Hauptkampflinie, da lagen wir von der Ersten Infanteriedivision und hundert Meter weiter die anderen.«

»Das ist fünfzig Jahre her«, winkte die Frau ab.

Er spürte, daß sie sich Sorgen machte, weil es ihn bewegte, weil es in ihm wieder auflebte.

Die bunten Bilder der schönen Stadt wechselten ab mit alten Wochenschauaufnahmen: Eisbarrieren auf dem Newski Prospekt, mächtige Schneeschanzen, in denen die Verhungerten aufgeschichtet lagen wie Holzscheite vor dem Verbrennen. Schwere Kämpfe südlich des Ladogasees, sagte der Wochenschausprecher.

»Das war im Kessel am Wolchow«, murmelte Reschke.

Immer wieder Schneebilder aus jenem eisigen Winter, Soldaten in weißen Tarnanzügen, brennende Panzer auf dem Eis. Wenn die Granaten einschlugen, färbte sich der Schnee.

»Warum zeigen sie nur Winterbilder?« fragte Reschke. »Wir haben in den neunhundert Tagen drei schöne Sommer gehabt und tüchtig geschwitzt, von den Mücken in Wäldern und Sümpfen ganz zu schweigen.«

Die Frau ging in die Küche, Reschke hörte sie mit dem Geschirr klappern, während die Reporterstimme von den Weißen Nächten schwärmte.

»Das stimmt!« rief Reschke ihr nach. »Um Mitternacht haben wir Feldpostbriefe geschrieben.«

Im Bild ein Birkenwald.

»Für alle, die in Rußland waren, ist die Birke zum schönsten Baum geworden«, sagte Reschke.

Er beschrieb die russischen Birkenwälder: »Weiße Stämme bis an den Horizont. Sah aus wie Schnee. Die Kreuze nagelten wir auch aus Birkenholz.«

Im Fernsehen zeigten sie den Präsidenten, wie er in einer Festhalle zu einer großen Menschenmenge sprach. Der Reporter bemerkte, der Präsident habe den vorbereiteten Text beiseite gelegt und spontan gesprochen, er sei sehr bewegt gewesen.

»Als junger Artillerieleutnant habe ich auch an der Belagerung Ihrer Stadt teilgenommen«, hörte Reschke ihn sagen.

Also doch, dachte er. Der lag mit seiner Batterie auf den Hügeln vor Zarskoje Selo, schoß von dort in die Stadt, und jetzt empfangen sie ihn mit Blumen.

Die Frau brachte heißen Tee.

»Wenn du schon die alten Winterschlachten nachspielst, sollst du wenigstens nicht frieren«, sagte sie und lachte. Mit ihr konnte er darüber nicht reden. Zur Zeit der Belagerung war sie ein kleines Kind gewesen, sie besaß keine Erinnerungen an den Krieg. Die Namen Wolchow und Ladogasee hörte sie zum ersten Mal, nach Leningrad hatte sie vor einem Jahr Pakete geschickt, als die Stadt wieder einmal hungerte. Das war alles, was sie von dieser Stadt wußte.

Spät in der Nacht zeigten sie ein festliches Bankett. An der Tafel saß neben dem Präsidenten eine alte Frau, von der der Reporter sagte, sie habe als Fünfzehnjährige während der Belagerung Verwundete gepflegt. Als der Präsident sie nach den Erlebnissen während der neunhundert Tage fragte, schüttelte sie den Kopf. Sie will über diese Zeit nicht sprechen, übersetzte der Dolmetscher.

Die Kamera ging nahe an das alte Gesicht heran, zeigte zerfurchte Haut, graues Haar; sie schwenkte erst ab, als Millionen an den Bildschirmen die Tränen gesehen hatten.

Nein, wir wollen darüber nicht sprechen, es ist auch schon fünfzig Jahre her.

Während des Festbanketts hielt der Bürgermeister der Stadt eine Rede. Zum Abschluß überreichte er dem Präsidenten ein Stück Papier.

Es ist eine Liste, sagte einer aus der Umgebung, und der Reporter erklärte, auf dem Papier stünden die Namen deutscher Soldaten, die während der Belagerung Kriegsverbrechen begangen hätten und heute noch unbehelligt in Deutschland lebten. Der Bürgermeister bat den Präsidenten, die Auslieferung der Beschuldigten zu veranlassen oder sie vor ein Gericht zu stellen.

Reschke schaltete das Fernsehgerät aus.

»Was hast du?« fragte die Frau.

»Ich hab' genug davon«, antwortete er und erhob sich.

»Daß die nach fünfzig Jahren immer noch welche finden, die Kriegsverbrechen begangen haben«, wunderte sich die Frau. »Das müssen doch uralte Männer sein, alle über siebzig. Die meisten werden gar nicht mehr leben.«

Reschke ging auf den Balkon, atmete tief durch und gab sich Mühe, alltägliche Dinge zu denken. An das Wetter zum Beispiel und den Sternenhimmel. Am Wolchow leuchteten übrigens die gleichen Sterne, über den Sinjawino-Höhen auch.

Er hörte, wie die Frau ins Bett ging, und ließ ihr noch ein wenig Zeit. Als er dachte, daß sie eingeschlafen war, verließ er den Balkon und setzte sich wieder vor das Fernsehgerät.

»Es ist nicht gesund, sich die alten Dinge so zu Herzen zu nehmen«, sagte die Frau, als er, lange nach Mitternacht, in das dunkle Zimmer kam.

»Es ist nur wegen der Liste«, antwortete Reschke.

»Welche Liste?«

»Die mit den Namen der Kriegsverbrecher. Ich kann mir denken, wer darauf steht, es werden die Namen Schmidtke, Fröhlich, Tangermann und Reschke sein.«

Die Frau richtete sich auf. Sie wollte das Licht einschalten, aber er bat sie, es dunkel zu lassen.

»Was hast du damit zu schaffen?« fragte sie.

»Ich war dabei mit Schmidtke, Fröhlich und Tangermann. Wir haben fünfundzwanzig russische Gefangene erschossen. Das war Ende Oktober, als der erste Schnee fiel. Wie Zaunpfähle lagen sie vor der Schanze, an einigen Stellen war der Schnee rot.«

Die Frau schaltete nun doch das Licht ein. »Warum habt ihr das getan?«

»Weil es befohlen wurde. Drei Wochen vorher hatten sie unsere Linien überrannt und waren bis zum Hauptverbandsplatz vorgedrungen. Dort brachten sie fünfundzwanzig Verwundete um. Als wir die Stellung zurückeroberten und Gefangene machten, befahl der Kommandeur, fünfundzwanzig auf der Stelle zu erschießen.«

»Und du hast geschossen?«

»Schmidtke, Fröhlich, Tangermann und Reschke haben geschossen.«

Die Frau verbarg das Gesicht in den Händen. Sie verstand nichts davon, sie war ein kleines Kind gewesen und hatte keine Erinnerungen an den Krieg.

»Fünfzig Jahre später kommt einer und gibt dem Präsidenten einen Zettel, auf dem die Namen Schmidtke, Fröhlich, Tangermann und Reschke stehen!« rief er. »Und das sollen Kriegsverbrecher sein. Du bist fünfunddreißig Jahre mit einem Kriegsverbrecher verheiratet gewesen. Hast du nichts davon gemerkt?«

Sie fragte, was er damals empfunden hatte.

»Wir hielten es für richtig«, erklärte Reschke. »Alle, die das Blutbad unter den Verwundeten gesehen hatten, forderten Rache.«

Die Frau schwieg, und Reschke erzählte von den Birkenwäldern bis zum Horizont, die Stämme so weiß wie der erste Schnee, hier und da rote Lachen und Kreuze aus Birkenholz.

»Jetzt kommen die anderen und fordern Rache für ihre fünfundzwanzig Toten«, sagte die Frau. »So geht es weiter, immer weiter, es nimmt kein Ende.«

Es beschäftigte ihn die ganze Nacht. Als der Morgen dämmerte, sagte Reschke, er werde einen Brief an den Präsidenten schreiben und ihn fragen, ob ein gewisser Reschke auf der Liste stehe.

Die Morgenzeitungen brachten wieder Bilder vom Besuch des Präsidenten in der östlichen Stadt. Die Liste wurde nicht erwähnt, aber Reschke erinnerte sich deutlich, daß sie anläßlich des Festbanketts übergeben worden war und daß neben Schmidtke, Fröhlich, Tangermann auch sein Name auf dem Papier gestanden hatte.

Beim Frühstück sprach er nur über die Belagerung.

»Du warst erst einundzwanzig«, sagte die Frau und glaubte, das Alter werde ihn entschuldigen.

»Vielleicht haben sie unseren Präsidenten auch auf der Liste«, meinte Reschke. »Der war mit uns, der hat auch Befehle gegeben.«

Nach dem Frühstück begann er, den Brief zu schreiben. Er schrieb sehr ausführlich von den fünfundzwanzig Verwundeten und den fünfundzwanzig Gefangenen, erwähnte seine einundzwanzig Jahre und die Artilleriestellung auf der Sinjawino-Höhe. Zum Schluß fragte er höflich an, ob der Name des Präsidenten wohl auch auf der Liste stehe. Er wolle nur Gewißheit haben und ruhig schlafen können, beteuerte Reschke. An die neunhundert Tage und den roten Schnee wolle er nicht mehr denken müssen.

Reschke wartete Wochen und Monate, aber der Präsident gab keine Antwort. Ihm blieb noch viele Jahre die Erinnerung an eine Liste mit den Namen Schmidtke, Fröhlich, Tangermann und Reschke.

Die Störche von Kuckerneese

»Wo liegt dieses Kuckerneese?« fragten die Kinder.

»Hinter den sieben Bergen, wo die Störche wohnen«, antwortete er ihnen.

Als sie klein waren, erzählte er ihnen nur Gutes von Kuckerneese. Vom Strom, auf dem Holzflöße und Heukähne dem Haff zutrieben, von barfuß laufenden Mädchen, vor allem aber von Störchen. In Kuckerneese soll es kein Haus gegeben haben, auf dem nicht Störche nisteten. Sie waren es auch, die morgens die Schulkinder weckten; um halb sieben klapperten sie die Kuckerneeser Kinder aus dem Schlaf. Von traurigen Dingen sprach er nie, denn sie sind nichts für Kinder.

Dieses Kuckerneese lag nicht nur hinter den sieben Bergen, sondern auch in einem Abgrund von Zeit, fünfzig Jahre tief, was für Störche kein Alter ist, denn die Kuckerneeser glaubten daran, daß Störche ewig leben.

Die Kinder dachten, es sei ein Märchenort wie das Schloß der Schneekönigin oder der funkelnde Palast des bösen Zauberers, und wenn sie einen necken wollten, sagten sie: Ach, der kommt aus Kuckerneese.

Hatte es dieses Kuckerneese wirklich gegeben? Wenn die Kinder bettelten: Erzähl uns von den Störchen, kamen Zweifel, in welchen Himmelsrichtungen er suchen sollte. Vielleicht hatte es einen anderen Namen angenommen oder war untergegangen wie das sagenhafte Vineta, um nur in Gutenachtgeschichten weiterzuleben.

Er hatte einen gekannt, der kam aus Kuckerneese und hieß Johannes. Aber das war lange her. Mit ihm war er einen Tag und eine kurze Nacht durch das Dorf gewandert; sie hatten nur leere Nester gefunden, denn die Störche waren gerade auf Reisen. Vielleicht hatte er den Besuch in Kuckerneese nur geträumt, aber diesen Johannes, den hatte es wirklich gegeben. Was er von Störchen wußte, hatte ihm Johannes erzählt. Etwa die Geschichte von Klein-Heiner, die in den Lesebüchern gestanden haben soll und in der Schule gelernt werden mußte. Klein-Heiner war ein Junge von zwei Jahren, der auf einem Bauernhof lebte. Eines Tages war er verschwunden. Alle suchten ihn, die Mutter bekam große Angst, er könnte in den Brunnen gefallen oder vom Habicht geholt und in die Wälder getragen worden sein. Als sie die Scheune absuchten, begannen die Störche, die auf dem Scheunendach nisteten, laut zu klappern. Da sie keine Ruhe gaben, blickte einer hinauf und entdeckte Klein-Heiner im Storchennest. Er war die Leiter hinaufgeklettert, die ein Knecht am Scheunengiebel vergessen hatte, saß mitten im Nest, und die Störche wunderten sich über den seltsamen Besuch.

»Ob sie ihn mit Fröschen gefüttert haben?« fragten die Kinder.

Davon hatte Johannes nicht gesprochen, auch das Lesebuch schwieg sich aus. Aber es wird wohl so gewesen sein, daß sie dem Besuch zum Frühstück Frösche, zum Mittagessen schwarze Schnecken und abends grüne Grashüpfer in den Mund steckten.

Am Ilmensee gab es keine Störche, denn Kanonendonner ist ihnen zuwider, auch verlieren sie in den Rauchschwaden die Orientierung und verirren sich in den Wäldern.

Der Wald ist kein Zuhause für Störche, sagte Johannes in jenem Sommer, als sie auf staubigen Straßen zum Ilmensee marschierten.

Auf dem Vormarsch ging es noch fröhlich zu, da sangen sie der aufgehenden Sonne entgegen und in die Staubwolken hinein. Neben ihm marschierte einer, der sagte: Ich komme aus Kuckerneese. Darüber lachte die ganze Kompanie.

Wenn du aus Kuckerneese bist, komme ich aus Buxtehude! rief ihm ein anderer zu. Da bellen die Hunde mit dem Schwanz, aber nur, wenn Neujahr und Weihnachten auf einen Tag fallen.

Im Sommer erreichten sie die Wälder am Ilmensee. Er hockte mit Johannes in einem Erdloch, vor ihnen die kalte Waffe und die Gurte mit den blanken Patronen, über ihnen der Himmel des Nordens, der noch um Mitternacht taghell leuchtete. In jenen Nächten fing Johannes an, von den Störchen zu erzählen, die sich wie die Seefahrer an den Sternbildern orientieren, wenn sie im Frühling von Afrika her in den Norden fliegen und im Spätsommer dorthin zurückkehren. Wie weit hinauf ziehen Störche? Hat man jemals von Störchen am Polarkreis gehört oder auf den Dächern von Stockholm oder Helsinki? Am Ilmensee fehlten sie gänzlich.

Sie waren beide noch jung, als sie in den nördlichen Wäldern über Störche sprachen. Johannes wollte Lehrer werden wie sein Vater, der außerdem Kantor, Chorleiter, Imker, Fischer und Storchenzähler war. Aber bevor sie ihn Lehrer werden ließen, mußte er dieses Erdloch am Ilmensee hinter sich bringen, denn es war Krieg, und für die, die Lehrer werden wollten, fiel lange, lange Zeit die Schule aus.

»War Johannes dein Freund?« fragten die Kinder.

»Er hat mir zweimal das Leben gerettet und alles über die Störche erzählt.«

Von seinem Vater berichtete Johannes, daß er sich, wenn im Frühling die Birken grünten, auf sein Fahrrad schwang und von Dorf zu Dorf reiste, um die Störche zu zählen. Er trug die Zahl der bewohnten und unbewohnten Horste in Listen ein, zählte die Jungen, deren Schnäbel wie Pfeifenköpfe aus den Nestern ragten, und kletterte wie Klein-Heiner die Leiter hinauf, um die jungen Tiere zu beringen. Sollte jemand in Afrika einem Storch begegnen, wäre an der Inschrift des Ringes zu erkennen, daß er in Kuckerneese zu Hause ist. Im August, wenn auf den Feldern die letzten Garben eingefahren wurden, radelte er den gleichen Weg noch einmal, um wieder die Störche zu zählen. Denn nicht alle geschlüpften Jungen wurden erwachsen; in jedem Sommer fielen ein paar aus den Nestern und brachen sich den Hals. Andere ertranken im heftigen Regen oder starben vor Hunger, wenn die Wiesen am Strom nicht genügend Futter hergaben. Aber das kannst du den Kindern nicht erzählen.

Als Johannes zwölf Jahre alt war, durfte er seinen Vater begleiten und auch Störche zählen. In Kuckerneese fanden sie hundertzweiunddreißig. In der ganzen Provinz, die immerhin an die zwei Millionen Menschen beherbergte, wurden in dem Jahr, als Johannes mit seinem Vater reiste, achtzehntausendzweihundertsiebzig Storchenpaare mit mehr als dreißigtausend Jungen in die Listen geschrieben. In so einem Storchenland war Johannes zu Hause.

In den Nächten am Ilmensee geschah es, daß hier oder dort ein Schuß fiel. Leuchtkugeln verirrten sich wie Sterne an den Himmel und glitten langsam zur Erde. Dann griff Johannes zum kalten Eisen, er hielt ihm die

Patronengurte hin, und sie vergaßen für kurze Zeit die Störche und den ruhig fließenden Strom mit seinen Heukähnen. War der Lärm verhallt, lehnten sie sich zurück, rauchten eine Zigarette nach der anderen gegen die blutsaugenden Mücken, die sich aus dem Dickicht auf sie stürzten.

Wenn der Krieg vorbei ist, mußt du mich in Kuckerneese besuchen, sagte Johannes.

Von Johannes hatte er auch die Geschichte von den siebzehn Storchenpaaren, die auf einem Kirchendach nisteten. Mag sein, daß es nicht die Kuckerneeser Kirche gewesen ist, sondern eine andere in jenem fernen Storchenland. Jedenfalls waren es siebzehn Nester, und sie drückten so schwer, daß das Kirchendach einzustürzen drohte. Im Herbst entfernten sie die Horste, doch als die Störche im Frühling wiederkehrten, bauten sie neue Nester, siebzehn an der Zahl. Nichts konnte sie vertreiben. Also mußten sie das Kirchendach mit dicken Balken abstützen und den Störchen ihre Nester lassen. Später hat der Krieg die Kirche eingeäschert mit allen ihren Storchennestern, aber das ist nichts für kleine Kinder.

Die Nächte am Ilmensee leuchteten. Wenn nicht gerade Krieg war, schrieb Johannes Briefe an seinen Vater und ein Mädchen aus Kuckerneese, das Gesine hieß. Manchmal schrieb er auch Gedichte.

Eine Gegend ohne Störche ist, denke ich, ein unbewohnter Ort, kritzelte er auf graues Papier.

Habe ich schon die Geschichte von dem Handwerksburschen erzählt, der von Kuckerneese aus auf Wanderschaft ging und den es bis nach Afrika verschlug? Dort erfuhr er, daß die Störche eigentlich Menschen sind, nämlich Fischer oder Bauern, einige auch Medizinmänner, Advokaten oder Schuhputzer. Für fünf Monate im Jahr vertauschen sie ihr Menschsein gegen die Lust am Fliegen. Zur Reise in den Norden wachsen ihnen Flügel und lange Schnäbel, auch verlieren sie ihre Sprache. Daß sie während ihres Storchenlebens Frösche verzehren müssen, stört sie wenig, denn auch als Menschen essen sie die sonderbarsten Dinge, nämlich Schnecken, Froschschenkel und gebratene Heuschrecken. Ja, es ist wahr, daß die Menschen in Afrika sich in Störche verwandeln können. Kennt ihr nicht die Geschichte vom Kalif Storch und seinem Großwesir, die das Zauberwort Mutabor vergessen hatten?

Als der Handwerksbursche aus Afrika zurückkehrte und von dem Geheimnis der Störche berichtete, fingen die Kuckerneeser an, ihre Störche nach Berufen einzuteilen. Den einen, der so gravitätisch auf dem Dachfirst herumspazierte, nannten sie den Richter, einen anderen, der ungewöhnlich laut klapperte, bestimmten sie zum Advokaten. Auch Pastoren, die andächtig mit gesenktem Kopf und gekreuzten Flügeln vor sich hin meditierten, fanden sich auf den Dächern, ebenso richtige Doktoren, Barbiere und ein Schneider, der sich aufs Nähen schwarzweißer Röcke verlegt hatte.

Am Ilmensee fehlten die Störche. Dafür hatten sie den Krieg. Störche mögen keinen Krieg. Schon einmal hatte ihnen der Krieg die Behausungen zerstört, das war im August vierzehn, als die Kosaken kamen. Wenn im Krieg die Scheunen und Ställe brennen, gehen auch die Storchennester in Flammen auf. Die Kuckerneeser wunderten sich in jenem August, daß ihre Störche vor der Zeit nach Afrika aufbrachen. Sie ahnten das kommende Unheil, mochten es nicht mit ansehen und begaben sich früh auf die Reise zu friedlicheren Gegenden. Als sie im

Frühjahr wiederkehrten, fand so manches Storchenpaar statt seines Nestes nur noch Ruinen. Auf schwarzgeräucherten Schornsteinen und einsam in den Himmel ragenden Giebelmauern mußten sie neue Nester bauen.

Und in noch fernerer Zeit, auch in einem Krieg, marschierte der gewaltige Napoleon durchs Storchenland, um den Zaren in Moskau heimzusuchen. Er ließ es zu, daß seine Soldaten die Störche von den Dächern schossen und über ihren Biwakfeuern zum Abendessen brieten. Die Strafe ließ nicht auf sich warten. Im eisigen Winter brannte Moskau nieder, die Große Armee mußte geschlagen und gedemütigt heimkehren in ein Land, in dem die Störche ausgestorben waren. In Kuckerneese wußte man, daß Störche heilige Tiere sind. Wer ihnen Böses tut, wird seines Lebens nicht mehr froh. Nur dieser Napoleon wußte es nicht und marschierte in sein Verderben.

Johannes hätte viel darum gegeben, heil aus den Wäldern am Ilmensee herauszukommen. Er war ein Träumer, der Gedichte schrieb und sie ihm vorlas in den Weißen Nächten, wenn es ganz still war. Manchmal schreckte ihn der Krieg aus seinen Träumen. Dann griff er zum kalten Eisen und schoß in die Nacht. Johannes war ein guter Schütze.

In Kuckerneese sangen die Kinder den Störchen dieses Lied:

> De Oadeboar, de Oadeboar,
> de hät e lange Näs,
> on wenn he enne Groawe steiht,
> denn kickt he oppe Wees.

> De Oadeboar, de Oadeboar,
> dat es ohns leewster Frind,
> denn he bringt ons fast jedet Joahr
> e leewet truutstet Kind.

Die Kuckerneeser wußten, daß die Störche die Menschen beschützen. Wenn nachts Diebe auf einen Hof schlichen oder ein Feuer ausbrechen wollte, weckten die Störche durch lautes Klappern die Bewohner. Und die Brandkassen rechneten aus, daß Häuser, auf denen Störche nisteten, seltener brannten als andere Gebäude. Das lag daran, daß die Brandstifter ein gutes Herz besaßen und kein Haus anstecken mochten, auf dem Störche lebten.

Blieb ein Storchennest unbewohnt, machte das die Menschen traurig, denn es drohte ihnen Unheil. Kamen die Störche im nächsten Jahr wieder, bauten sie gar ein zweites oder drittes Nest, herrschte große Freude.

Einmal im Jahr feierten die Kuckerneeser ihr Storchenfest. Das geschah im April, wenn die Störche aus Afrika zurückkehrten. Am Morgen sangen die Schulkinder ihrem Lehrer diesen Vers:

> Der Storch ist gekommen,
> hat die Bücher weggenommen ...

Danach endete, kaum angefangen, der Unterricht. Die Kinder rannten hinaus, um die Störche zu begrüßen, die über Kuckerneese kreisten und in immer enger werdenden Spiralen zur Erde sanken. Auf den Dächern begann ein aufgeregtes Klappern und Flügelschlagen, ein stundenlanges Kämpfen um die besten Horste. Störche, die kein Nest fanden, zogen weiter zu anderen Orten oder bauten sich ein neues Nest.

Sechs Wochen lagen sie in den Wäldern am Ilmensee und töteten viele tausend Mücken. Dann kamen die ersten Nachtfröste und ließen alle Mücken sterben. Bei einem Nachtangriff wurde er verwundet, verlor viel Blut und das Bewußtsein. Johannes trug ihn zum Verbandsplatz und saß bei ihm, bis er die Augen aufschlug.

Nach dem Krieg wolltest du mich doch in Kuckerneese besuchen, sagte er. Aber vorher mußt du gesund werden.

Als er gesund war, saßen sie wieder gemeinsam in Erdlöchern vor dem kalten Eisen, sie marschierten nebeneinander auf staubigen Straßen und suchten nachts die Sternbilder des nördlichen Himmels.

Daß die Störche Kinder aus Afrika mitbringen, wenn du sie bei der Abreise herzlich darum bittest, ist ein Märchen, an das in Kuckerneese niemand glaubte. In Afrika gibt es, wie jeder weiß, nur schwarze Kinder, während in Kuckerneese selbst in den düstersten Hütten und neben verräucherten Kaminen und rußigen Schornsteinen weiße Kinder zur Welt kommen. Nein, es waren die heimischen Poggenteiche und Sümpfe und nicht der afrikanische Tanganjikasee, aus dem die Störche die Kinder holten.

Wenn du die Störche von Herzen bittest und ihnen schöne Lieder singst, bringen sie gesunde Kinder:

> Storch, Storch, Guter,
> bring mir einen Bruder.
> Storch, Storch, Bester,
> bring mir eine Schwester.

In Kuckerneese galt auch diese Storchenweisheit: Siehst du den ersten Storch im Frühjahr fliegen, wird es ein fleißiges Jahr, siehst du ihn auf dem Dachfirst stehen, ist mit ziemlicher Faulheit zu rechnen.

Auf dem Rückzug brannte es häufiger. Sie wurden beide von den Splittern derselben Granate verwundet, lagen im Lazarett nebeneinander und kamen gemeinsam in neue Wälder und zu anderen Strömen. Doch niemals begegnete ihnen während des Krieges ein Storch. Störche mögen den Krieg nicht.

Als sie im Sommer des letzten Kriegsjahres in Kurland eintrafen, sahen sie Störche. Da wußte Johannes, daß es nicht mehr weit war bis Kuckerneese.

Wäre ich ein Storch, könnte ich zu Kleinmittag nach Hause fliegen und um die Vesperzeit wieder zurück sein, sagte er.

Sein Vater schrieb ihm von der letzten Zählung der Störche. An die fünfzig Jungtiere, die sich zum Weiterflug nach Süden versammelt hatten, habe er in den Niederungen am Strom gezählt. In diesem Sommer seien die Störche früher aufgebrochen, schrieb er, gerade so wie im August vierzehn. Und vorgestern habe es ein schweres Gewitter gegeben, ein Blitz sei in ein Storchennest gefahren, nun weißt du, woher die Redensart vom gebratenen Storch kommt.

Der Krieg wird bald ein Ende haben, schrieb Johannes' Vater. Wenn die Störche wiederkehren, ist Frieden. Er war zuversichtlich, dann auch seinen Sohn in Kuckerneese begrüßen zu können, spätestens wenn die Störche kommen.

Es war der letzte Brief, den Johannes aus Kuckerneese erhielt. Danach blieb nur der Krieg. In Kurland schneiten sie ein, die Kanonen verstummten, das kalte Eisen wurde noch kälter. Als es Frühling wurde, nahm der

Krieg tatsächlich ein Ende. Aber die Störche kamen nicht. Der Storchentag ging vorüber, auf den Dächern blieb es still, auch vergaßen die Kinder, den Störchen Lieder zu singen. Die Wahrheit war: Es gab keine Kinder mehr in Kuckerneese.

Johannes sagte, er werde sich in die Wälder schlagen, um nicht noch einmal, als Gefangener nämlich, zum Ilmensee oder zu noch unwirtlicheren Gegenden marschieren zu müssen. Er wußte sein Vaterhaus in der Nähe auf der anderen Seite des Stromes und bat ihn, mitzukommen nach Kuckerneese. Sie marschierten nachts und schliefen tagsüber in Heuschobern und Feldscheunen. Als sie den Strom erreichten, fehlte ein Fährmann, auch gab es keine Brücken mehr. Weit hinaufgekommen in den Norden war der Frühling. Schon grünten die Birken im Moor, auf den Wiesen wuchs Sauerampfer, sie lagen im Gras am Flußufer, und Johannes erzählte von seinem Vater, der in jungen Jahren mit dem alten Sudermann per du gewesen war.

Du wirst ihn bald kennenlernen, sagte Johannes. In Kuckerneese nennen sie ihn den Storchenvater.

Die Brücken waren in den Strom gefallen. An einem Gehöft, das die Menschen verlassen hatten, nahmen sie sich einen Kahn und versprachen, ihn zurückzubringen, sobald die Welt in Ordnung sei.

Bei uns kannst du bleiben, bis der Weltuntergang vorüber ist, sagte Johannes, der keinen Zweifel hatte, daß sein Kuckerneese vom Weltuntergang verschont geblieben war.

In der Dunkelheit setzten sie über das Wasser. Sie wanderten der Nacht zu, die frühe Morgendämmerung im Rücken. Johannes kannte sich aus, nannte diesen und jenen Namen, erinnerte sich einzelner Personen, die auf diesem Gehöft lebten oder jenem, doch trafen sie niemand.

»Bist du wirklich in Kuckerneese gewesen?« fragten die Kinder.

»Ja, natürlich.« Er erinnerte sich des Ortsschildes Kuckerneese, das von Kugeln durchsiebt in einem Wassergraben lag.

Im Morgengrauen erreichten sie das Dorf in der Niederung. Zum Strom hin war es mit Deichen gegen die jährlichen Überflutungen und Eisgänge geschützt, ansonsten verlor es sich in blühenden Wiesen.

Dort ist mein Vater mit dem alten Sudermann spazierengegangen, sagte Johannes und zeigte zum Deich hinauf.

Kein Haus war niedergebrannt, nur auffallend still war es in Kuckerneese. Kein Milchwagen klapperte ihnen entgegen, keine Kinder gingen zur Schule, die Hähne krähten nicht mehr, und die Vögel hatten zu singen aufgehört. Johannes erklärte die Dächer, zeigte ihm, wo der Advokat zu Hause gewesen war, drüben der Richter und dort die Herren Pastoren. Doch alle Horste waren unbehaust wie die ganze Gegend.

Es muß etwas Sonderbares geschehen sein, sagte Johannes. Die Störche sind treue Tiere, die immer wiederkehren. Sie vertrauen dem Menschen, nisten gern auf seinen Dächern und blicken in seine Kochtöpfe. Sie folgen dem Pflüger auf dem Acker, dem Schnitter im Kornfeld und den heimschwankenden Erntewagen. Wo sind bloß die Störche geblieben?

Die Geschichte von Hansi, dem dressierten Storch, machte den Kindern den größten Spaß. Hansi verneigte sich, sobald ein Besucher auf den Hof kam, wie ein höflicher Mensch. Er warf den Schnabel auf den Rücken und begrüßte den Fremden mit lautem Klappern. Auf Befehl konnte er die Flügel spreizen, stundenlang auf einem Bein stehen oder wie ein Soldat marschieren.

»Hast du Hansi in Kuckerneese getroffen?« fragten die Kinder.

»Nein, als ich in Kuckerneese war, gab es keine Störche.«

Wenn sie nicht bald kommen, werden sie in diesem Jahr keine Jungen aufziehen, sagte Johannes damals, als sie mit der aufgehenden Sonne ins Dorf marschierten.

»Wie lange leben Störche?« wollten die Kinder wissen.

Die gleiche Frage hatte er auch Johannes gestellt, und der hatte geantwortet, daß die Störche in Kuckerneese ewig lebten. Sie trugen immer das gleiche schwarzweiße Kleid, klapperten Jahr für Jahr den gleichen Gesang, es waren immer dieselben Störche. Nur in jenem denkwürdigen Frühling, als der Krieg zu Ende ging, lebten keine Störche in Kuckerneese.

Sie marschierten ohne Vorsicht mitten auf dem Pflaster. Johannes kannte sich aus, wußte sich hier zu Hause und wollte sich nicht mehr fürchten. Bald wurde es zur Gewißheit, daß nicht nur die Störche fehlten. Eine Gegend ohne Störche ist ein unbewohnter Ort, sagte der sarmatische Dichter. Es wird wohl so gewesen sein, daß die Störche, als sie keinen Menschen in Kuckerneese antrafen, weitergeflogen sind zu wohnlicheren Gegenden. Diese Tiere können nicht allein sein, sie gehören zum Menschen.

Sie sahen nun, daß einigen Häusern die Türen fehlten und allen Fenstern das Glas. Mobiliar lag zertrümmert in den Gärten, das Bettzeug schwamm in den Wassergräben, aus den Kellern wehte süßlicher Gestank.

Wie kannst du hier zu Hause sein?

Das hat der Krieg angerichtet, antwortete Johannes. So wird jedes Zuhause aussehen, auch bei dir wird es nicht anders sein.

Vier Jahre waren sie durch den Krieg gezogen, von einem Feuer zum anderen, nun, da er zu Ende ging, wunderten sie sich, was er angerichtet hatte.

Johannes war in der Dorfschule zu Hause. Sie wanderten auf den roten Backsteinbau zu, sahen schon aus der Ferne im Schulgarten die Kirschbäume blühen und den weißen Flieder am Weg.

Den Schulweg war lange keiner mehr gegangen. Ein Kettenfahrzeug hatte den Staketenzaun niedergewalzt, in einer tiefen Spur stand trübes Wasser. Auf dem Schulhof türmten sich Bänke zu einem Scheiterhaufen, den anzustecken die Scheiterhaufenerrichter vergessen hatten. Im Klassenzimmer hatten zeitweise Pferde gewohnt.

Grünende Birken neben dem roten Ziegelhaus, in dem Johannes gelebt hatte, bis es ihn zum Ilmensee verschlug. Sie meinten, Hähne krähen zu hören. Bald müßte der Hund anschlagen, der Rauch des Morgenkaffees weißbläulich aus dem Schornstein züngeln und im Garten eine Tabakspfeife zu räuchern beginnen.

Hinter dem Stall fanden sie Moritz, den Spitz, schwarz und fast verwest. Im Storchennest hatten Sperlinge Wohnung genommen, als wüßten sie, daß die Störche nicht mehr heimkehrten. Die Bienenstöcke hatte der Krieg in einen Wassergraben geworfen.

»Warum war alles so zerstört?« fragten die Kinder.

»Das macht der Krieg, er kann nur zerstören.«

Sie fanden keine Toten. Die, die hier gelebt hatten, waren wohl rechtzeitig aufgebrochen.

Sie werden mit den Störchen im letzten Sommer fortgezogen sein, sagte Johannes.

Zum Schlafen suchten sie sich einen Platz im Heuschober. Nachts zerrte der Wind an der Giebelwand, manchmal polterte es, wenn die herabhängende Dachrinne gegen das Holz schlug. Es kam ihnen vor, als gingen auf dem Dachfirst Riesenvögel nieder, Krähen oder Nachteulen, aber keine Störche. Sie werden in die letzten Schlachten geraten sein, abgedrängt von den Bomberpulks, verstört durch ständiges Flakfeuer und den Lärm des zu Ende gehenden Krieges. Oder sie sind zu friedlicheren Gegenden geflogen, zu stillen Inseln, auf denen es keine Menschen gibt.

Die Kinder fragten nach den Störchen. Er wußte ihnen nichts anderes zu sagen, als daß der Krieg sie vertrieben hatte. Sie kündigten den Menschen die Freundschaft, sie wurden böse, verweigerten die Wiederkehr und suchten sich eine neue Heimat. In Marokko soll es heute so viele Störche geben wie damals in Kuckerneese.

Nachdem sie ausgeschlafen hatten, machten sie sich auf die Suche nach Menschen. Sie riefen in jedes Haus hinein, besuchten auch die Nachbardörfer und fanden auf einem abgelegenen Gehöft tatsächlich einen Storch. Er war mit Fünfzollnägeln an ein Scheunentor geschlagen, er hielt die Flügel ausgebreitet, sein weißes Gefieder war rot beschmiert. So hing er am schwarzen Holz wie gekreuzigt. Aber das ist nichts für Kinder.

Wißt ihr, daß es in Kuckerneese einen Klapperstorch gab, der Wäschestücke sammelte? Legten die Frauen ihre Wäsche auf den Wiesen am Strom zum Bleichen aus, kam er angeflogen, nahm sich hier ein Taschentuch, dort eine Tischdecke und trug die wehenden Tücher hinauf zum Dachfirst, wo er sein Nest damit ausstaffierte. In jenem Frühling, als er mit Johannes in Kuckerneese war, lag viel Wäsche in den Gärten. Sie sahen zerrissene

Laken und aufgeschlitzte Betten, deren Federn der Wind davongetragen hatte.

Auf einem einsamen Gehöft trafen sie eine verstörte Frau, die eine magere Kuh und zwei Hühner hütete.

Johannes fragte sie nach den Störchen.

Ach, die Störche! rief die Alte lachend. Die haben wir gebraten, denn der Hunger treibt's ein!

Auch das kannst du nicht den Kindern erzählen.

Jene verwirrte Person, die mit der Kuh polnisch sprach und mit den Hühnern litauisch, wußte von den Menschen zu berichten, daß sie geflohen seien, auch der alte Storchenvater aus Kuckerneese. Geflohen irgendwohin, wo es keine Störche gibt. Sie erzählte von der Königin Luise, die von der Brücke, die ihren Namen trägt, in den Fluß gefallen und zum Meer getrieben sein soll.

So wanderten sie durch eine verlassene Landschaft, zogen am Flußufer aufwärts, folgten den Habichten, die vergeblich über verlassenen Höfen kreisten. Kein klapperndes Pferdefuhrwerk kam ihnen entgegen. Der Strom, die große Lebensader, hatte sein Leben verloren. Keine Holzflöße kamen flußabwärts. Der Fährmann, der zu den christlichen Feiertagen die Kirchenbesucher über das Wasser gesetzt hatte, war geflohen oder mit der Königin Luise zum Meer getrieben. Keine Rinder brüllten den dahingleitenden Heukähnen nach. Um die Wahrheit zu sagen: Es gab weder Rinder noch Heukähne. Nur Reiher standen wie ausgestopft am seichten Ufer und flogen, wenn sie ihnen zu nahe kamen, müde davon.

Das ist schlimmer als Gefangenschaft hinter dem Ural, sagte Johannes.

Er schämte sich für sein Zuhause, das so unwirtlich geworden war, dem die Störche fehlten und jedes Leben.

Es ist besser, du gehst allein weiter, schlug er vor.

Er selbst wollte bleiben, auf die Störche warten und die Menschen, denn damals herrschte der gute Glaube, jeder werde nach einem so furchtbaren Würgen und Ringen dahin zurückkehren, wo er hingehörte. Sie werden bald kommen, die Kuckerneeser, und mit ihnen die Störche.

Vier Jahre waren sie gemeinsam durch den Krieg marschiert, nun trennten sich ihre Wege. Während Johannes in Kuckerneese blieb, wanderte er südwärts durch die kürzer werdenden Nächte, traf am Weichselstrom die ersten Störche und die ersten Menschen, schwamm an einem Sommerabend durch die Oder, erreichte die Elbe an einem Sonntag und blieb endgültig an der Weser.

»Was ist aus Johannes geworden?« fragten die Kinder.

Er sprach davon, daß er ihn habe suchen lassen. Sein Name stand in den Zeitungen, er wurde im Radio ausgerufen, aber Johannes hat sich nicht gemeldet.

Ob er noch lebt in Kuckerneese?

Der Krieg, obwohl schon zu Ende, wird ihn eingeholt haben. Sie werden ihn in die Wälder am Ilmensee geschickt haben. Dort schrieb er Gedichte und erzählte von den Störchen aus Kuckerneese. Gewiß ist er früh gestorben. Aber davon sagte er den Kindern nichts.

Als sie groß waren, sich das Storchenland öffnete, die Ströme befahrbar wurden und die Wälder betretbar, brachen sie auf nach Kuckerneese. In einem Sommer. Ein Fährmann setzte sie über den Strom, der alte Sudermann empfing sie, auf einem Sockel stehend. Auch die Königin Luise war dem Fluß entstiegen und beschützte ihre Brücke, der sarmatische Dichter besang die Tiefebene am Strom, die Störche hatten wieder ein Zuhause.

Unter der Hand erkundigte er sich nach Johannes, einem Freund aus jenen Tagen, als die Welt aus den Fugen geraten war. Niemand wußte, was aus ihm geworden war, nur die Störche werden es wissen, denn sie leben ewig in Kuckerneese. Leider haben sie die Sprache verloren.

Heilung eines Nasenbluters

Er lag mit halb geschlossenen Augen in der Polsterung, blinzelte der vorbeirasenden Landschaft zu, lauschte der Musik aus dem Kopfhörer und war versunken in höheren Sphären, als ihn die Lautsprecherstimme erreichte:

»Verehrte Fahrgäste! Wegen eines Krankheitsfalles benötigen wir ärztliche Hilfe. Sollte sich unter Ihnen ein Arzt befinden, bitten wir ihn, sich beim Zugbegleiter, Wagen Nummer neun, zu melden.«

Fridolin vernahm es zwischen Kassel und Fulda, als der Zug gerade einen Tunnel verließ. Er öffnete die Augen, genoß kurz die wärmenden Sonnenstrahlen, bevor der Zug wieder ins Dunkel stürzte.

Da ist einem schlecht geworden von der Tunnelfahrerei, dachte er. Ein Pfropfen im Ohr, Gleichgewichtsstörungen oder Erbrechen, diese furchtbare Geschwindigkeit kann krank machen.

Als wieder das Tageslicht durchs Fenster fiel, meldete sich die Lautsprecherstimme erneut, nun schon dringlicher. Fridolin spürte einen Ruck in seinen Beinen. Sie streckten sich, suchten Halt am Vordersitz, plötzlich stand er im Gang, hangelte sich von Sitzreihe zu Sitzreihe.

»Wagen neun ist hinter dem Bordrestaurant«, sagte einer, und Fridolin wunderte sich, daß der ihn für einen Arzt hielt.

Noch hatte er die Wahl, das WC aufzusuchen, sich in den Gängen die Beine zu vertreten oder im Bordrestaurant einen Kaffee zu trinken. Das WC war besetzt, im Bordrestaurant wartete eine Schlange vor dem Kaffeeausschank, an der er vorbeischlenderte, so daß er zwangsläufig Wagen neun erreichte. Er konnte nicht mehr zurück.

Wer mag das sein? fragte er sich, als die automatische Tür aufsprang. Er dachte zuerst an eine ältere Frau, legte sich dann aber auf ein hübsches Mädchen fest, dem weiter nichts Schlimmes geschehen war, als daß es sich unwohl fühlte. Das kann vorkommen bei pubertierenden Mädchen; außerdem und keineswegs ernsthaft dachte er auch an Schwangerschaft. Es könnte auch ein krankes Kind sein, fiel ihm ein, als die automatische Tür sich hinter ihm schloß.

Plötzlich verspürte er Angst, zu spät zu kommen. Ein anderer könnte schon da sein, um die Patientin – er war nicht mehr vom weiblichen Geschlecht abzubringen – ärztlich zu versorgen. Schließlich reisen viele Ärzte.

Im Wagen Nummer neun empfingen ihn die Schaffnerin und ein männlicher Zugbegleiter.

»Sind Sie Arzt?« fragten beide gleichzeitig und schienen schon über die Frage erleichtert zu sein.

Fridolin schwieg, murmelte nach kurzem Bedenken unwirsch, daß er nichts bei sich habe, weder Medikamente noch medizinisches Gerät. Daraufhin führten sie ihn ins Dienstabteil. Ausgestreckt auf einer Bank lag ein junger Mann mit blutverschmiertem Gesicht. Fridolin wollte sich angewidert abwenden, aber die Schaffnerin drängte ihn sanft zu dem Liegenden. Nasenbluten also.

Der junge Mann lachte ihn an.

»Alle Vierteljahr gebe ich einen halben Liter Blut durch die Nase ab. Das ist mir schon bei den sonderbarsten Gelegenheiten passiert, in der Kirche, im Schwimmbad und in der Oper, aber in der Eisenbahn kommt es zum ersten Mal vor.«

»Sie sollten lieber zum Blutspenden gehen, als das Zeug so sinnlos zu vergeuden«, bemerkte Fridolin und spürte, wie er sicherer wurde. Er zog die Jacke aus, krempelte die Ärmel hoch und beugte sich über den jungen Mann.

»Sollen wir einen Krankenwagen zum Bahnhof Fulda bestellen?« fragte der Zugbegleiter.

»Ich glaube, das schaffen wir ohne Krankenwagen«, erwiderte Fridolin, nun seiner Sache ganz sicher.

Er erinnerte sich seiner längst verstorbenen Großmutter, die Nasenbluten durch Auflegen kalter Küchenmesser geheilt hatte, und schickte die Schaffnerin in den Speisewagen, um Eisstücke, ein Handtuch, kaltes Metall und eine Schüssel Wasser zu holen. Bis sie kam, sprach er mit dem jungen Mann über die Vorzüge des Blutspendens. Fridolin versorgte den Nasenbluter mit Eisstücken und einer scharfen Klinge aus Solinger Stahl, wusch sein Gesicht und hatte, noch bevor der rasende Zug Fulda erreichte, das Blut gestillt. Er nahm dem Patienten das Versprechen ab, bis Frankfurt in der Waagerechten zu liegen, sich dort behutsam zu erheben und ganz langsam seiner Wege zu gehen.

Der Zugbegleiter dankte ihm.

»Es war nicht der Rede wert«, sagte Fridolin, wusch die Hände und schlenderte zurück zu seinem Platz. Er war sicher, daß die Mitreisenden dachten, er sei im Restaurant gewesen. Jedenfalls vermuteten sie nicht, daß Fridolin als Arzt einem Nasenbluter geholfen hatte. Zufrieden warf er sich in die Polster, dachte mit geschlossenen Augen, während der Zug wieder in Tunnel stürzte, an ferne Kindertage, sah sich in unzähligen Arztpraxen und düsteren Krankenhauskorridoren, umgeben von einem Kollegium aus weißen Kitteln.

Kurz vor Fulda erschien der Zugbegleiter.

»Herr Doktor«, sagte er, »wir sind gehalten, über Vorfälle wie diesen ein Protokoll anzufertigen. Dafür brauchen wir von Ihnen noch ein paar Angaben.«

Fridolin entschuldigte sich, daß er dringend zum WC müsse, und bat den Zugbegleiter, in einer Viertelstunde wiederzukommen.

Bis Fulda blieb er in dem abgeschlossenen Raum. Kaum hielt der Zug, griff er Mantel und Tasche, sprang aus dem Wagen, rannte die Treppe hinunter, stürzte in eine Imbißstube und bestellte schwarzen Kaffee. Auf keinen Fall Protokolle!

Als der Zug abgefahren war, Fridolin seinen Kaffee bezahlt und getrunken hatte, schlenderte er zurück zum Bahnsteig, erkundigte sich nach den kommenden Zügen, nahm auf einer Bank Platz, dachte an die Weißkittel vor seinem kindlichen Krankenhausbett und wartete. Ein tiefes Gefühl der Zufriedenheit bewegte ihn, obwohl es doch nur so eine Kleinigkeit wie Nasenbluten gewesen war.

Die Heilung des Nasenbluters war Fridolins großes Erlebnis, gewissermaßen sein Durchbruch zur Medizin. Der Zugbegleiter hatte »Herr Doktor« zu ihm gesagt und die Schaffnerin ihn bewundernd angeschaut. Heilen und helfen, dazu fühlte er sich berufen. Von Kindesbeinen an. Schon als Vierjähriger hatte er Frösche zerlegt und Fliegen die Beine ausgerissen, um sie mit Spucke wieder anzukleben. Fridolin wäre Chirurg wie Sauerbruch geworden, hätten ihn nicht widrige Umstände gezwungen, einen Brotberuf zu ergreifen. Um nicht Hungers zu sterben, fuhr er als Reisender in Weinen durch Deutschland, von Hannover nach Frankfurt, von Kassel nach Nürnberg, in rasender Geschwindigkeit und fortwährend durch Tunnel. Er mied Flugzeuge und Automobile, fuhr am liebsten mit der Eisenbahn, lag träumend in der Polsterung, bewunderte die fliehende Landschaft und wartete auf Lautsprecherdurchsagen. Fridolin erkannte schnell seine Begabung. Von seinen Händen gingen heilende Kräfte aus. Er sah hinter die Dinge. Eine Frau, die über unerträgliche Kopfschmerzen klagte, heilte er durch bloßes Handauflegen. Magenbeschwerden kurierte er mit seinen weichen, sanften Händen, die die Bauchdecke massierten. Für hartnäckige Fälle trug er eine Weinflasche bei sich, mit der er kräftig über die nackte Bauchdecke rollte, auch ein Rezept seiner seligen Großmutter.

Bald zeigte sich, daß in Eisenbahnzügen immer die gleichen Diagnosen vorkamen. Unwohlsein stand an erster Stelle. Nicht selten wurden die Fahrgäste von Beschwerden im Verdauungstrakt heimgesucht, was Fridolin auf die schnellen Fahrten durch die Tunnel und das hastige Essen im Speisewagen zurückführte. Aus medizinischen Büchern lernte er, was bei solchen Anlässen zu tun sei. Er verblüffte Zugpersonal und Patienten mit Fachausdrücken wie ulcus duodeni, erwähnte eine gastrische Krise und riet den Patienten, den Hausarzt um eine Gastrobiopsie zu bitten. Er war klug genug, in wirklich kritischen Fällen anderen Kapazitäten den Vortritt zu lassen. Als er zu einem Mann gerufen wurde, der sich bis zur Erschöpfung erbrach und mit blassen Lippen und rollenden Augen auf dem Fußboden lag, tippte Fridolin auf Fischvergiftung, ließ den Patienten Unmengen Milch trinken, die den Körper postwendend wieder verließ, und beorderte den Notarztwagen zur nächsten Station, um den Leidenden unverzüglich ins Krankenhaus zu schaffen.

An den Anblick von Blut gewöhnte er sich, überwand den anfänglichen Ekel. Natürlich lagen ihm die unblutigen, unsichtbaren inneren Erkrankungen mehr, sie bescherten ihm auch die größten Erfolge. Er schwor auf Wasser. Kaltes Wasser auf die Stirn genetzt, heilte die Hälfte aller Leiden. Ein gutes Viertel ließ sich durch freundliches Zureden zumindest lindern, den Rest erledigte die Zeit. Für den Notfall legte er sich ein Blutdruckmeßgerät zu und lernte, den Puls zu zählen. Auch ein Stethoskop fügte er seinem Arztbesteck bei, da er jungen Frauen gelegentlich die Brust abhören mußte; ein medizinisches Journal machte ihn kundig in Dingen der Mammographie.

Es erfüllte Fridolin mit Genugtuung, daß er in seiner Amtszeit als Notarzt der Eisenbahn nie einen Exitus bescheinigen mußte. Niemand starb ihm unter den Händen, keinem Fahrgast mußte er zwischen Hannover und Göttingen die Augen zudrücken. Eine Frau machte er glücklich, als er eine Schwangerschaft konstatierte und ihr Unwohlsein den üblichen Beschwerden in den ersten drei Monaten zuordnete.

Fridolins medizinische Karriere endete am Osterdienstag des Jahres 1994, als er vor Kassel-Wilhelmshöhe zu einem Notfall gerufen wurde. In Decken gehüllt lag eine Frau mittleren Alters.

»Sie ist bewußtlos«, flüsterte die Schaffnerin.

Er begann wie üblich mit Handauflegen und rief nach kaltem Wasser.

Als die ersten Tropfen die Stirn trafen, schlug die Frau die Augen auf und starrte ihn an.

»Mensch«, sagte sie, »du bist doch der Schnapsvertreter Fridolin Meyer aus Altenbeken! Was fummelst du an meiner Brust herum?«

Fridolin zog die Notbremse, verließ eilig den Zug und verlief sich in den Wäldern des nordhessischen Berglandes.

Danach fuhr er nur noch mit dem Automobil.

Aus dem Leben eines Briefträgers

Heute wird Gregor verabschiedet. Nicht unter die Erde, sondern in den wohlverdienten Ruhestand. Der Amtsleiter hat sich eine Rede ausgedacht, auch Walter von der Gewerkschaft will ein paar passende Worte zum besten geben von wegen dreißig Jahre immer auf Posten. Gregor darf später kommen und früher gehen, wie das Brauch ist bei uns, wenn einer verabschiedet wird. Ein gelbes Auto wird ihn nach Hause bringen, vorher gibt es Kaffee, Butterkuchen und einen Schnaps aus der Gemeinschaftskasse.

Gregor will auch das Wort ergreifen. Dreißig Jahre hat er ausgetragen, was andere mitzuteilen hatten, selbst aber immer nur geschwiegen, nun bleibt einiges zu sagen. Die jungen Kollegen sollen etwas lernen von seinen dreißig Jahren. Darum will er reden, gleich nach dem Amtsleiter und nach Walter von der Gewerkschaft.

Dreißig Jahre die gleiche Tour, immer quer über die Dörfer. Anfangs mit einem Dienstrad Marke NSU, später per Mofa. Er hätte ein gelbes Auto haben können, wollte aber nicht. Auf die alten Tage noch den Führerschein machen, nur um Briefe auszutragen? Außerdem: Wenn ein Briefträger mit dem Auto unterwegs ist, herrscht Schnapsverbot. Also entgeht dir einiges. Die Menschen in unserer Gegend sind nämlich großzügig und geben einen aus, wenn Anlaß dazu ist, ein freudiges Ereignis zum Beispiel oder Glück im Spiel, von Liebe ganz zu schweigen. Auch zu den großen Feiertagen wird meistens Alkoholisches ausgeteilt und natürlich bei schlechtem Wetter. Wenn der Sturm die Pappeln in der Wilstermarsch wie Schilfrohr biegt, wenn der Regen die Straße peitscht oder Schneekrümel durch die Lüfte jagen, setzen sie schon mal einen heißen Grog an für ihren Briefträger. Solche Gelegenheiten gilt es zu bedenken, wenn du dich für ein Verkehrsmittel entscheidest; mit dem Auto ist der Briefträger früher zu Hause, aber ihm entgeht einiges.

Gregor kam aus einer Zeit, als die Post noch mit dem Herzen ausgetragen wurde. Er litt mit denen, die schlechte Nachrichten bekamen, und freute sich über gute Botschaften. Solches steht zwar in keiner Postdienstordnung, auch die Beamtengesetze sprechen nicht von herzlicher Anteilnahme, aber da die Briefträger nun mal das ganze Glück und Unglück der Menschheit spazierentragen, konnte es schon vorkommen, daß Gregor sich zwischen Uphusen und Langendorf hinter den Knick setzte und ein paar Tränen abwischte. Soviel ist gewiß: Alle bedeutenden Ereignisse, die die Menschen aufwühlen, kommen per Post. Und Gregor war ihr Bote. Er gehörte aber nicht zu denen, die Briefe über Wasserdampf hielten, um zu erfahren, was Therese Joost über Hänschen Drefs zu sagen hat. Gerade nur so viel, daß er gelegentlich den Text von Urlaubskarten überfliegen mußte, was sich nicht vermeiden ließ, denn schließlich können Briefträger ihre Arbeit nicht mit geschlossenen Augen verrichten. Grete Wessel sitzt auf dem Wilden Kaiser in Tirol, na, die wollte schon immer hoch hinaus. Ob Tetje Voß sich so was wie Venedig erlauben kann, ist noch sehr die Frage. Der soll lieber den morschen Zaun hinter seinem Kälberstall richten, anstatt im Dogenpalast spazierenzugehen und italienische Tauben zu füttern. Der Pastor schickte massenweise Ansichtskarten von den heiligen Stätten, und als Hinnerk Schulz sich von den Cowboys im Wilden Westen meldete und beiläufig erwähnte, daß er einen Mustang geritten und sich fünfundvierzig Sekunden im Sattel gehalten habe, meinten alle, denen Gregor von diesem Ritt erzählte, daß Hinnerk da auch hingehöre, in den Wilden Westen nämlich.

Nach dreißig Jahren ist folgendes festzustellen: Die Texte auf den Urlaubskarten sind langweilig und nicht der Rede wert. Sie haben nur mit schönem Wetter, mit Essen und Trinken und guten Aussichten zu tun. Viel mehr interessierten Gregor die Bilder. In seiner Posttasche versammelte sich die Schönheit der Erde, der schneebedeckte Kilimandscharo lag neben Wolkenkratzern und feuerspeienden Bergen, Hinnerk auf dem Mustang und Therese Timm vor dem Dom zu Meldorf. Nicht daß die Leute, die zu Gregors Tour gehörten, besonders viel reisten, aber es läpperte sich zusammen. Einige hatten auch Verwandtschaft in Argentinien und Kanada. Von der kamen meist Bilder der schönsten Wasserfälle. Ja, du kannst schon Sehnsucht nach der Welt bekommen, wenn du im Knick verpustest und dir die afrikanischen Tafelberge ansiehst.

Am letzten Arbeitstag mußte es mal laut gesagt werden: Gregor hat sich immer an die Vorschriften gehalten und nicht in anderer Leute Post rumgeschnüffelt. Trotzdem wußte er, was durch seine Hände ging. Wenn du dreißig Jahre die gleiche Tour machst und erlebst, wie einer vierundzwanzig Stunden nach seiner Geburt schon den ersten Brief bekommt, nämlich von der Kreissparkasse, die dem neuen Erdenbürger ein Konto mit einem Gutschein von fünf Mark eröffnen will, wenn du siehst, wie sie aufwachsen, heiraten und sterben, dann überrascht dich kein Kuvert mehr. Gregor spürte am Gewicht, an Geruch und Handschrift, nicht zuletzt am Absender, was die Briefeschreiber bewegte. Trauerbriefe waren ja am leichtesten zu entziffern. Da ging es nur darum, ob der Verblichene aus der Nähe kam, also zu Herzen ging, oder aus der ferneren Umgebung, so daß Traurigkeit nur Pflicht war. Oh, Gregor wußte, wie Menschen auf Trauerbriefe reagieren. Sie legen sie erst mal ganz zuunterst, werfen einen Blick in die Zeitung, reden über das Wetter, Frauen verstecken sie gern unter ihrer Schürze. Aber du merkst ihnen an, daß sie an den schwarzen Rand denken und im stillen die Verwandtschaft überschlagen.

Auch eine Art von Trauerbriefen, aber ohne schwarzen Rand, sind Kündigungen per Einschreiben. Egal, ob es um die Miete oder die Arbeit geht, solche Briefe fallen schwer, und ein paarmal ist es vorgekommen, daß Gregor sie aus Mitleid wieder mitgenommen und erst am nächsten Tag zugestellt hat, wenn nur die alte Oma da war, die von Kündigungen per Einschreiben sowieso nichts mehr verstand.

Zum Glück brauchte Gregor nie in Kriegszeiten Briefe auszutragen. Das wäre über seine Kraft gegangen. Sein Vorgänger, der alte Struve, ist dösig im Kopf geworden wegen der vielen, die sich per Feldpost zu Hause abmeldeten. Zu Struves Zeiten ging es noch laut zu bei der Briefzustellung, da war nichts mit Trauer-Briefe-unter-die-Schürze-Stecken und erst mal einen Blick in die Zeitung werfen. Damals schrien die Frauen, Kinder weinten, die Alten schlugen mit der Faust gegen den Türbalken und verfluchten den, für den die jungen Männer losgezogen waren. Der alte Struve hat diese Ausbrüche stets für sich behalten und nicht nach oben gemeldet, wie es damals Vorschrift war, denn ein Briefträger soll das Unglück, wenn es schon eintritt, nicht noch vergrößern. Nein, vom Krieg wußte Gregor nichts zu berichten. Nur so viel, daß in seiner Lehrzeit manchmal Briefe nach Rußland gingen und von dort kyrillische Antworten kamen. Auch gab es regen Briefwechsel mit dem Suchdienst des Roten Kreuzes. Aber sonst war der militärische Postverkehr zu Gregors Zeiten eher spaßig. Einberufungen zur Bundeswehr kamen vor. Das stand nicht auf dem blaugrünen Umschlag, aber du kannst es fühlen an der Dicke und weil der Brief mit Zustellungsurkunde verschickt wird. In Tränen ist darüber noch keiner ausgebrochen, weil Zur-Bundeswehr-Gehen heutzutage nicht gefährlicher ist als Treckerfahren auf dem Kartoffelacker oder im Wilden Westen den Mustang reiten.

Wie aber erkennt ein guter Briefträger Liebesbriefe? Als erstes: Sie sind nicht mit Schreibmaschine geschrieben. Die Handschrift ist überaus akkurat. Manchmal kleben sie die Briefmarke so auf den Kopf, daß dem Präsidenten ganz schwindelig wird. Als Absender haben Liebesbriefe meistens nur zwei Buchstaben, damit der Empfänger nicht gleich erkennt, wer da entbrannt ist. Das liebende Herz soll ein bißchen raten. Manchmal finden sich gemalte Herzen, von Amors Pfeilen durchbohrt, auf dem Umschlag, auch Rankrosen gehören zur Liebe. Neuerdings lieben sie sich mit Aufklebern wie »Stop FCKW« und »Rettet die Nordsee«. Manche Liebesbriefe kommen auch vom Gericht. Da heißt es »Müller gegen Müller«, und am Ende findet ein dickes Scheidungsurteil im Namen des Volkes seinen Weg per Postzustellung zu uns ins Dorf.

Eine besondere Art von Liebesbriefen bekam Willi

Lankmann von einer bestimmten Firma aus Flensburg zugestellt. Dazu auch dicke Kataloge, die er im Postamt lagern ließ, damit sie nicht in unrechte Hände gerieten. Einmal war die Sendung beschädigt, und Gregor warf einen Blick in das Innere: nur nacktes Menschenfleisch. Er hat Willis Frau kein Wort davon gesagt, aber es sollte ihr doch zu denken geben, was ihr Mann da immer mit Flensburg zu schreiben hat. Ansonsten läßt sich über Werbebriefe nicht viel sagen, von denen kannst du nichts lernen. Sie bewegen keinen Menschen, lassen nicht lachen oder weinen, sie machen nur Arbeit. Wenn im Frühjahr und Herbst die Kataloge der Versandhäuser eintreffen, sind Überstunden angesagt, und das Dienstrad bekommt fast einen Platten.

Bei Heinrich Ladohl meldet sich jeden Monatsersten der Lotterieeinnehmer brieflich zu Wort. Der weiß nicht, daß Heinrich schon reich genug ist, und will ihn unbedingt zum Millionär machen. Gregor erinnerte sich nicht, daß das große Los in den dreißig Jahren, die er die Post austrug, in seine Gegend gekommen war. Neunhundertdreiunddreißig Mark im Lotto kamen schon mal vor, kurz vor Bußtag, aber am Totensonntag war schon der letzte Pfennig ausgegeben.

Was schreibt der Doktor aus der Stadt zu jedem Quartalsersten an Oma Brandt? Gregor weiß es. Der mahnt den Krankenschein von der Landwirtschaftskasse an und schickt Rezepte für Stärkungstropfen, denn im Dorf ist es ausgemacht, daß Oma Brandt als erster Mensch in dieser Gegend hundert Jahre alt werden soll.

Die Briefe, die der Versicherungsvertreter Fröhlich an Lisa Kreuzer schickt, sind eher Werbe- als Liebesbriefe. Er möchte gern ihr kostbares Leben haben, aber nur auf der Versicherungspolice für monatlich zweihundert

Mark. Trotzdem schreibt er »Liebes Fräulein Kreuzer« und »mit herzlichen Grüßen«. Dazwischen verklart er ihr die hohen Zahlen und den gewaltigen Gewinn, den man mit dem eigenen Leben machen kann. Das Finanzamt sieht es auch gern, wenn einer sein Leben versichert, schreibt dieser Fröhlich an unsere Lisa. Ansonsten sind Briefe vom Finanzamt nicht gerade von der guten Sorte. Die meisten haben ein Klarsichtfenster, so daß du auf den ersten Blick erkennen kannst, ob da etwas Ernsthaftes drinsteckt oder nur ein vorgedrucktes Formular. Gefährlich sind dünne Briefe, in ihnen stecken nur Mahnungen. Ganz selten verirrte sich in Gregors Posttasche auch mal der Brief eines Gerichtsvollziehers. Fiete Schütt hatte vor Jahren mit dieser Amtsperson zu tun, die ihm dicke Umschläge mit Zustellungsurkunde schickte. Es soll um die letzte Rate für den Trecker gegangen sein. Fiete verkaufte den Acker am Bullenberg und brachte die Sache ins reine; seitdem schwieg der Gerichtsvollzieher. Vor ein paar Wochen brachte Gregor ihm Post vom Notar. Mag sein, daß er wieder Land verkauft hat, möglich aber auch, daß er sein Testament notarisch beurkunden ließ, denn es wird langsam Zeit für Fiete Schütt. Letzten November ist er von der Leiter gefallen und lag bis Heiligabend mit gebrochenem Bein im Bett.

Meta Bornholm schrieb aus dem Krankenhaus in Heide an »Ihre Lieben«. Na, wenn es so mit einer Kranken steht, daß sie aus dem Krankenhaus Briefe schreiben und zum gelben Kasten tragen kann, ist wohl das Schlimmste überstanden. Sonst kommt ja selten Post aus Krankenhäusern, weil das Schreiben im Bett so unpaßlich ist, die meisten auch nicht zum Briefkasten gehen können.

Ein schwieriges Kapitel sind Briefe aus dem Gefängnis. Das siehst du ihnen nicht an, als Absender steht nicht etwa: Albert Strüving, Zelle 17, du mußt es fühlen, gewissermaßen durchs Papier. Dazu braucht ein Briefträger jahrelange Erfahrung. Viel Auswahl bleibt ja nicht. Wenn einer lange abwesend ist und plötzlich schreibt, kann der Brief nur aus dem Gefängnis kommen oder von hoher See. Zum Glück gibt es solche Irrläufer auf Gregors Tour nur selten. Franz Kröger durfte ein paarmal aus der Strafanstalt Lingen/Ems schreiben, nachdem er in Langendorf zwei Feuer gelegt hatte.

Daß Gertrud Schmidt regelmäßig Post von Helgoland bekommt, hat seine Richtigkeit. Ihre Schwester hat auf die felsige Insel geheiratet und langweilt sich in den Wintermonaten mächtig. Darum schreibt sie jeden zweiten Tag Briefe an »meine liebe Gertrud«, in denen sie sich sehr ausführlich über das Meer und seine Farben äußert, auch kleine Bildchen beilegt von sturmgepeitschten Wogen und Möwen, die vor dem Wind stehen. Zu den großen Festtagen bekommt auch der Herr Pastor von ihr einen Gruß über die Nordseewellen, denn er hat sie getraut, bevor sie nach Helgoland auswanderte.

Ein Kapitel für sich sind Briefe aus dem Ausland, weil sie bunt und mit vielen Marken beklebt sind. Geriet so ein Brief in seine Tasche, fragte Gregor die Leute, ob sie Briefmarken sammeln. Wenn nicht, ließ er sich die Umschläge schenken für seine Enkel, denen er das Briefmarkensammeln beigebracht hatte. Der Name Fuerteventura kam oft vor in Gregors Auslandspost. Er klang etwas windig und auch nicht ganz anständig.

Gerhard Kühl erhielt mehrfach Post von amerikanischen Indianern, die ihn in seinen Stamm aufnehmen wollten. Der brachte es auch fertig, sich Arm in Arm mit dem großen Jesus auf dem Zuckerhut knipsen zu lassen und eine Postkarte davon an seine Leute zu schicken.

Was Willi Lankmann aus einem Ort namens Bangkok zu schreiben hat, konnte Gregor nicht in Erfahrung bringen. Klang wie das norddeutsche Pankoken. Die gab es auch zu Hause reichlich, da brauchte er nicht um die halbe Welt zu fliegen. Die bestimmte Flensburger Firma genügte ihm wohl nicht mehr.

Ein Wort ist noch zu verlieren über die Wadenbeißer. Nur dreimal hat es Malheur gegeben, ein guter Schnitt in dreißig Jahren. Einmal aber passierte es gründlich mit Tollwutverdacht, so daß Gregor sich im Krankenhaus spritzen lassen mußte. Leider hat es auch einen Todesfall gegeben. Eine Dogge sprang Gregor an, mit der Linken hielt Gregor dem Hund die Posttasche hin, mit der Rechten schlug er ihm auf die Nase. Da warf sich das Tier in den Straßengraben und verendete binnen kurzer Frist. Später erfuhr Gregor, daß Hundenasen besonders empfindlich sind und einen ordentlichen Schlag nicht vertragen können. Der Amtsleiter schrieb damals einen Rundbrief an alle Briefträger, daß sie beim Umgang mit Hunden nicht auf die Nase zielen sollten. Die Post wolle keinen Ärger mit dem Tierschutzverein.

So sind dreißig Jahre Briefzustellung dahingegangen. Walter von der Gewerkschaft regte an, Gregor solle im Ruhestand seine Erlebnisse zu Papier und als »Erinnerungen eines Briefträgers« in die Buchläden bringen. Aber Gregor will es auf seine alten Tage so machen wie Erich Timmermann. Der schreibt und erhält im ganzen Amtsbezirk die meisten Briefe und verdient längst einen Orden von unserem Postminister.

Er hat sich nämlich darauf geschmissen, Leserbriefe zu verfassen. Über Ortsumgehungen und Schweinepest, über die letzte Rede des amerikanischen Präsidenten, den Ausbruch des Pinatubo und die Trockenlegung unserer Moorwiesen weiß er viel zu sagen. Da die Leute von der Zeitung höfliche Menschen sind, geben sie immer Antwort, so daß ein reges Hin und Her per Post stattfindet. Neulich bekam Erich Timmermann vier Briefe auf einen Schlag, den ersten vom Bauernblatt, einen von unserer Kreiszeitung, den dritten von einem bekannten Magazin aus Hamburg und einen sogar von einem Weltblatt aus Frankfurt. Neuerdings wagt er sich auch ans Fernsehen. In einem Seherbrief beschwerte er sich, daß die Frau vor der Wetterkarte nur Schlechtes über Deutschlands Norden zu sagen weiß. Schlechtes Wetter ist in Wirklichkeit gutes Wetter, teilte Erich Timmermann dem Fernsehen mit, davon wachsen die Rüben und Kartoffeln. Das Fernsehen antwortete ihm freundlich. Die Frau vor der Wetterkarte wird, so schrieben sie, wenn sie wieder einmal Regen für Deutschlands Norden anzusagen hat, kurz erwähnen, daß es auch Menschen gibt, die sich über nasses Wetter freuen, zum Beispiel Erich Timmermann aus Bullenhusen.

Anrufe bei Nacht

Um 23 Uhr läutete das Telefon.

Es wird Margret sein, dachte er, nahm den Hörer ab und nannte seinen Namen. Niemand meldete sich.

Kurz nach Mitternacht erneut ein Anruf. Wieder keine Stimme, kein Lachen, kein Stöhnen. Danach gab der Apparat ein paar Stunden Ruhe, doch Punkt fünf Uhr in der Frühe meldete er sich wieder.

Wer könnte das sein? Kaum war Margret verreist, fing das Telefon an, ihn zu peinigen. Drei Anrufe in einer Nacht konnten kein Zufall sein. Jemand wollte etwas von ihm.

Als er im Büro saß, meldete sich Margret, um zu sagen, daß sie wohlbehalten in Innsbruck angekommen sei. Er fragte, ob sie versucht habe, ihn nachts anzurufen. Nein, nachts hatte sie geschlafen. Dann war das wohl jemand anders.

Er wartete auf den Abend. Kaum hatte der Sprecher der »Tagesthemen« das letzte Wort gesagt, meldete sich das Telefon, kurz nach Mitternacht wieder und schließlich um fünf Uhr in der Frühe. Und immer blieb die Leitung stumm, nur beim letzten Anruf kam es ihm so vor, als klinge im Hintergrund leise Musik.

Er zog um in Margrets Zimmer, hörte aber trotzdem durch Türen und Wände das unheimliche Läuten. Nacht für Nacht und wie mit einem Automaten eingestellt immer zu den gleichen Zeiten.

Da will dich einer mürbe machen, dachte er. Oder es sind Einbrecher. Sie kontrollieren, bevor sie kommen, ob jemand zu Hause ist.

Am Freitag fuhr er ins Wochenendhaus, um endlich Ruhe vor dem Telefon zu haben. Draußen besaß er zwar auch ein Telefon, hatte aber die Nummer geheimgehalten, um ungestört zu bleiben. Die Nacht im Wochenendhaus verlief ruhig. Wer immer es sein mochte, der ihn quälte, seine Telefonnummer auf dem Lande wußte er nicht, noch nicht.

Bei der Heimkehr am Sonntagabend fand er die Wohnung in der Stadt unbehelligt. Also keine Einbrecher. Um elf Uhr läutete das Telefon, kurz nach Mitternacht noch einmal, beim letzten Anruf um fünf Uhr glaubte er, ein Lachen in der Leitung zu hören.

Margret, mit der er täglich telefonierte, riet ihm, die Polizei aufzusuchen.

Solche Fälle haben wir jede Nacht im Dutzend, sagte der Mann auf der Wache, der nicht einmal Anstalten machte, den Vorgang zu notieren. Was glauben Sie, was heutzutage in unseren Telefonleitungen los ist?

Die Polizei meinte, er müsse sich in Geduld fassen. Nur wenn ein Anrufer erpresserische Forderungen stelle, solle er sich melden. Aber der Anrufer schwieg.

Das Telefon läutete weiter, dreimal in jeder Nacht, immer zu den gleichen Zeiten. Er fixierte sich so auf die Anrufe, daß er bis elf Uhr wartend im Sessel lag und sich wunderte, wenn das Telefon einmal stumm blieb, was tatsächlich an einem Samstagabend geschah. Immer häufiger kam es ihm vor, als seien Stimmen im Apparat, einmal glaubte er, ein fernes Stöhnen zu hören.

Die Post schickte schließlich zwei Techniker, die herausfanden, daß der Apparat in Ordnung sei. Sie wunderten sich nur über den präzisen Zeitplan. Wer bringt es fertig, Nacht für Nacht zu bestimmten Zeiten aufzustehen und einen fremden Menschen zu belästigen?

Nach einer Woche sprach er gegenüber der Polizei von gesundheitlichen Schäden und möglichen Schadenersatzansprüchen. Da willigte sie schließlich ein, eine Fangschaltung einzurichten. Prompt blieben die Anrufe um elf Uhr und kurz nach Mitternacht aus, doch um fünf meldete sich das Telefon in gewohnter Weise wieder.

Wir wissen, woher die Anrufe kommen, erklärte die Polizei zwei Tage später. Von dem Apparat in Ihrem Wochenendhaus. Gibt es da draußen jemanden, der Zugang zu dem Haus hat?

Nur meine Frau, antwortete er, aber die befindet sich auf Winterurlaub in Innsbruck.

Der Gedanke, daß jemand nachts in sein Wochenendhaus eindringt, um von dort beliebige Telefongespräche zu führen, beunruhigte ihn. Ein Landstreicher verbringt in seinem Haus die kalten Nächte und telefoniert mit San Francisco und Neuseeland.

Um dem Landstreicher zuvorzukommen, wählte er kurz vor elf Uhr die Nummer seines Wochenendhauses, ließ es lange klingeln und wußte, daß nun dort die Zentralheizung ansprang, denn sie war ans Telefon gekoppelt. Wollte er im Winter hinausfahren, rief er ein paar Stunden vorher an, dann schaltete sich automatisch die Heizung ein und bereitete ihm einen warmen Empfang. Er überlistete den Landstreicher, indem er das Telefon in seinem Wochenendhaus so lange läuten ließ, bis elf Uhr vorbei war. Vor Mitternacht rief er wieder an und fand den Anschluß besetzt. Neuseeland, dachte er, die Herren Einbrecher telefonieren mit der Welt.

Die Polizei riet ihm, nicht allein hinauszufahren. Er solle warten, bis seine Frau zurückkehrt, und dann mit ihr gemeinsam das Wochenendhaus aufsuchen. Aber er wollte es hinter sich bringen.

Natürlich hatte er ein mulmiges Gefühl. Die Nacht allein in einem Haus verbringen, weitab von der nächsten Ortschaft, umgeben von Wald und Heide. Und einer kommt, um zu telefonieren!

Am Freitagabend traf er ein und sorgte als erstes für Licht in allen Räumen und auf der Terrasse. Sein Auto versteckte er hinter finsteren Fichten, so daß wer immer da kommen wollte, es nicht gleich entdecken konnte. Er untersuchte das Haus gründlich. Türen und Fenster waren unversehrt, die Räume gut beheizt, er entdeckte keine Spuren, die auf einen Einbruch hindeuteten. Nach dem Abendessen setzte er sich in den Sessel, hörte Schumann und versuchte, Zeitung zu lesen. Bis halb elf. Da fiel das Haus in Dunkelheit, das Radio ging aus, die Digitalanzeige des Geräts flackerte ein paarmal grün auf, bis auch sie erlosch.

Nun fängt es an, dachte er, griff nach der Taschenlampe und tastete sich zur Tür. Bevor er öffnete, lauschte er auf Stimmen oder Schritte. Kalter Wind fuhr ihm entgegen, über seinem Kopf rauschten alte Bäume. An der Wand entlangschleichend, erreichte er die aufgestapelten Holzberge, versteckte sich hinter den Scheiten und wartete auf das Erscheinen des Eindringlings. Er fror. Nachtvögel flatterten im Geäst der Bäume, sehr fern, hinter dem Wald, heulte ein Hund. Nichts geschah.

Um zehn nach elf flammte das Licht auf. Er wanderte ums Haus, blickte durch alle Fenster. Niemand war da.

Er verriegelte nun die Türen, setzte sich wieder in den Sessel, versuchte zu lesen und wartete auf Mitternacht.

Kurz nach zwölf hörte er im Nebenraum das summende Geräusch des Vorlaufs, dann den Startmechanismus der Heizung. Zugleich knackte es im Telefonapparat. Wärme durchflutete das Haus.

Jetzt hat er deine Nummer gefunden und wird gleich anrufen, dachte er.

Doch das Telefon blieb stumm.

Er schlief ein paar Stunden, wachte auf, als um fünf Uhr wieder die Heizung im Nebenraum ansprang und der Telefonapparat knackte. Danach konnte er nicht mehr schlafen.

Am Morgen ließ er zwei Techniker kommen und das Wochenendhaus untersuchen. Nach einer Stunde stellten sie fest, daß die Heizung bei der letzten Wartung falsch programmiert worden war. Statt auf seinen Telefonanruf aus der Stadt zu warten, um anzuspringen, rief sie selbst an, um ihm zu melden, daß sie ihren Dienst aufgenommen habe, Nacht für Nacht, jeweils um 23 Uhr, kurz nach Mitternacht und zum Wecken in der Frühe.

Führung der Künstler
durch die große Stadt

Tonja wartete vor dem weiß-blauen Bus, in der Hand ein Täschchen, das Gesicht rund wie ein aufgehender Mond. Neben ihr der Busfahrer in der Lederjacke. Er rauchte. Sie trippelte von einem Fuß auf den anderen.

»Es sind Künstler«, sagte Tonja. »Sie sind anders als Barbiere oder Fischhändler, halt eben Künstler.«

Die Gruppe versammelte sich vor dem Hoteleingang, laut redend und gestikulierend. Wie auf ein geheimes Kommando ergoß sich der Pulk über die Straße, ein Armeelastwagen stellte sich quer, ein Taxi kam gerade noch zum Halten; wären es nicht Fremde gewesen, hätte der Taxifahrer die Scheibe heruntergekurbelt und ihnen ein paar Flüche nachgerufen. Auch der Busfahrer erkannte nun, daß sie von anderer Art waren.

»Es sind eben Künstler«, flüsterte Tonja.

Der eine trug einen Hut wie ein jüdischer Rabbi, einer zerbrechlichen, fast umknickenden kleinen Person wehte ein lila Schleier um die unschuldigen Rehaugen. Der Bärtige könnte Rasputin sein, der große Dicke erinnerte an Falstaffs beste Tage. Sie trugen wallende Mäntel und wallendes Haar, einer schlug mit dem Regenschirm den Takt zu einer Melodie, die nur er hörte. Der letzte, ein asketischer, strenger Mensch, kam fast unter die Räder, weil er rotblind war.

Als die Gruppe den Bus erreichte, drückte der Fahrer die Zigarette aus.

»Es ist mir eine Ehre, so bedeutende Persönlichkeiten durch unsere Stadt zu führen«, empfing Tonja die Gäste.

»Ach, Kleines«, sagte eine ältere Dame, die der letzten Großfürstin sehr ähnlich sah, »verraten Sie uns bitte Ihren Vornamen und auch, ob Sie vor oder nach der Belagerung geboren sind.«

Tonja erschrak, denn die Belagerung lag ein halbes Jahrhundert zurück. Sie war Studentin im vierten Semester, die sich in den Ferien mit der Führung fremder Gäste ein bißchen Valuta verdiente. Also nach der Belagerung.

»Ist der Bus klimatisiert?« fragte eine in schwere Pelze gehüllte Dame. »Wenn es zieht, darf ich nämlich nicht mitfahren, mein Arzt hat mir Zugluft streng verboten.«

»Mimi hat es mit den Bronchien«, bemerkte ein einigermaßen normaler Mann, von dem sich erst später herausstellte, daß er nicht nur Künstler, sondern auch fanatischer Tierfreund war.

Und dann gab es einen, der sah aus wie entlaufen. Zerschlissene Jeans, wirres Haar, dazu Brille mit Goldrand. Er erkundigte sich, kaum daß er Platz genommen hatte, ob der Bus auch durch jene Straße fahre, in der Raskolnikow mit der Axt unterwegs gewesen sei, um die alte Frau zu erschlagen. Ja, das ließe sich wohl einrichten, rief Tonja durchs Mikrofon.

Der Fahrer startete den Motor.

»Du mußt sanft fahren«, flüsterte Tonja. »Achte auf Schlaglöcher und Straßenbahnschienen, es sind Künstler.«

»Detlev ist nicht da!« schrie die Großfürstin, als der Bus sich in Bewegung setzte.

Der Fahrer ging hart in die Bremsen, Mimi hustete.

»Ach, der schöne Detlev, der steht wieder vor dem Spiegel und putzt sich«, schimpfte der Rabbi.

Tonja eilte ins Hotel, um nach ihm zu fahnden.

»Warum müssen sich alle wichtigen Dinge vor elf Uhr morgens ereignen«, stöhnte Rasputin.

»Wenn der schöne Detlev kommt, rufen wir ganz laut buuh«, schlug der lila Schleier vor.

Die Großfürstin lehnte sich schmollend zurück und las Gogol auf englisch.

»Vor elf bin ich nicht ansprechbar«, raunzte Rasputin, »außerdem fehlt mir ein Kaffee.«

Nach fünf Minuten führte Tonja den schönen Detlev über die Straße.

»Wir wollten uns doch an der Bar treffen«, hauchte Detlev.

Das Buuh erstarb, als sie seine traurigen Augen sahen: seit drei Uhr früh Migräne.

Rasputin und Raskolnikow geleiteten ihn auf die hintere Sitzbank.

»Wenn dir danach zumute ist, kannst du schlafen«, meinte der Rabbi. »Uns stört es nicht, nur bitte kein Schnarchen.«

»Trotzdem war es ungezogen, uns so lange warten zu lassen«, brummte Falstaff.

Tonja warf dem Fahrer einen verstehenden Blick zu. Siehst du, es sind eben doch andere Leute als Fischhändler oder Barbiere.

Der Bus ruckte an, Tonja griff zum Mikrofon, um die Stationen der Reise anzukündigen: Zur Basilius-Insel werden sie fahren, einen Blick auf Peter und Paul werfen, für Eremitage und Winterpalais stehen drei Stunden zur Verfügung.

Der Tierfreund zeigte zu den Türmen der Isaak-Kathedrale.

»Mein Gott, es sind Nebelkrähen!« rief er.

»Von keinem Menschen lasse ich mich drei Stunden in der Eremitage einsperren«, erklärte Rasputin. »Schließlich bin ich ein Künstler.«

Der Tierfreund ging von den Nebelkrähen zum Knochenbau eines Pferdes über, auf dem einer der Romanows die Oktoberrevolution überlebt hatte.

»Anhalten!« schrie Raskolnikow, als der Bus in die Straße am Flußufer einbog. Er stürzte, die Kamera in der Hand, auf den Gehsteig und fotografierte eine Hauswand, während sie im Bus rätselten, ob die Fassade klassizistisch oder barock sei, der Rabbi auch gewisse dorische und ionische Elemente am Eingangsportal zu entdecken glaubte.

Mimi begann zu husten.

»Ich habe Migräne«, kam es von der hinteren Sitzbank.

»Was war so wichtig an dieser Hauswand, daß du den Bus anhalten mußtest?« fragte Falstaff, nachdem Raskolnikow wieder neben ihm Platz genommen hatte.

»Nicht die Hauswand, sondern das Fenster mit den Kohlköpfen. Kohlköpfe im Fenster, das ist das wahre Leben, wie Dostojewski es in dieser Stadt erfahren und beschrieben hat, weit entfernt von den toten Palästen und Marmorsäulen.«

»Die Vögel auf dem Brückengeländer sind auch Nebelkrähen«, kam es von den vorderen Sitzen.

»Unser Rabbi wird einen Essay schreiben über Kohlköpfe im Fenster«, hauchte der lila Schleier. »Er liebt die kleine Form.«

»Kapusta!« rief die Großfürstin über die Köpfe hinweg. Der Fahrer blickte sich um und lachte.

Tonja war bemüht, das Gespräch auf die Brücken zu bringen, die nachts aufgezogen werden, um den Schiffen die Ein- und Ausfahrt zu gestatten. Raskolnikow hatte die Stelle gefunden, an der Dostojewski von Kohlköpfen im Fenster berichtete. Und der Mörder, der mit der Axt zur alten Frau unterwegs war, hat sie auch gesehen, die Kohlköpfe nämlich.

»Kennt ihr die Geschichte von dem Bauern, der mit einer Ziege, einem Wolf und einem Kohlkopf über den Fluß setzen wollte?« mischte sich der Tierfreund ein.

»Kapusta!« rief die Großfürstin, und Tonja befahl, die Brücken wieder leise zu schließen.

»Ich brauche eine Zigarette«, meldete sich Rasputin.

»Auf keinen Fall im Bus rauchen, Detlev hat Migräne und Mimi entzündete Bronchien!«

»Bei den Leuchttürmen machen wir eine Pause, dort darf geraucht werden«, verkündete Tonja.

An der Spitze der Basilius-Insel hielten sieben Busse. Menschen hingen wie Trauben an der Mauer, als wollten sie sich der Reihe nach in den Fluß stürzen. Einige tauschten Geld, andere handelten mit Ansichtskarten und Babuschkapuppen.

»Ich verlasse den Bus nicht«, erklärte die Großfürstin trotzig und versank tief in ihren Gogol.

»Mimi, komm raus, frische Luft tut dir gut!«

»Ach nein, es ist so windig.«

»Zu viele Menschen«, stöhnte Raskolnikow. »Und die meisten auch noch Deutsche.«

Eine Blaskapelle, die sich im Windschatten des Leuchtturms niedergelassen hatte, spielte zu ihrer Begrüßung »Lili Marleen«. Rasputin lehnte sich an die Mauer, blickte mit geschlossenen Augen zur Stadt und rauchte inbrünstig eine Zigarette. Als der Mann mit dem Bären auftauchte, kam auch Mimi aus dem Bus.

»Ach, wie niedlich!«

Sie drückte dem Bärenführer einen Dollarschein in die Hand und bat ihn, für das Geld Honig zu kaufen, damit das Tier auch mal einen guten Tag habe.

Als die Bläser sich an dem Marsch »Alte Kameraden« versuchten, bat die Großfürstin den Fahrer, Fenster und Türen zu schließen. Dieses militärische Gehabe war ihr unerträglich.

Falstaff geriet sogleich in einen komplizierten Handel mit Antiquitäten, Devotionalien und Babuschkapuppen. Vierundzwanzig Ansichtskarten handelte er auf drei Dollar runter, fast geschenkt.

Die Bläser intonierten »Am Brunnen vor dem Tore«, Mimi warf ihnen einen Schein in die Mütze. Danach fror sie. Tonja mahnte zur Weiterfahrt.

Als sie im Bus saßen, ließ Falstaff die vierundzwanzig Ansichtskarten die Runde machen. Raskolnikow verweigerte jeden Blick auf das Hochglanzpapier. Ekelhafter Kitsch!

»Warum Ansichtskarten, wenn du draußen die Realität vor Augen hast«, argumentierte er und starrte trotzig durch die beschlagenen Scheiben in die Newa.

»Du bist aber komisch«, meinte Falstaff, und Tonja blickte den Fahrer vielsagend an. Es sind eben Künstler, ihnen muß man einiges nachsehen.

Die Großfürstin klappte hörbar das Buch zu und fragte, ob jemand imstande sei, auf dem Abendempfang im Rathaus ein Wort zur Postmoderne zu sagen.

»Ich habe Migräne.«

»Erst müssen wir definieren, was Postmoderne ist«, verlangte der Rabbi.

»Es könnte ein modernes Postgebäude sein«, flüsterte der lila Schleier.

»Nebelkrähen gibt es nur östlich der Elbe«, behauptete

der Tierfreund. »Ganz Osteuropa wird beherrscht von Nebelkrähen.«

Es wurde höchste Zeit für eine Zigarettenpause.

»Auf dem Platz vor dem Winterpalais ist Rauchen erlaubt«, vertröstete Tonja den murrenden Rasputin.

»Wann besichtigen wir die Isaak-Kathedrale?« fragte der Rabbi.

»Kirchen sind heute nicht dran«, fertigte ihn Raskolnikow ab.

»Morgen haben wir die Wahl zwischen der Isaak-Kathedrale oder einer Bootsfahrt auf der Newa«, erklärte Tonja. »Die Bootsfahrt kostet zehn Dollar extra. Auf dem Schiff tritt eine Trachtengruppe vom Baikalsee auf, außerdem wird Champagner ausgeschenkt.«

»Ich zahle fünfzehn Dollar ohne Trachtengruppe!« rief Rasputin.

»Ein Pferd! Ein lebendiges Pferd!«

Der Tierfreund hatte am Beginn des Newski Prospekts einen Fiaker entdeckt. Das Tier erschien ihm sogar edel, sicher stecke in ihm das wilde Blut der Tarpane.

»Findet ihr das nicht dämlich, daß die uns hier mit Lili Marleen empfangen?« flüsterte der lila Schleier. »Und nicht mal mit Lale Andersen!«

Tonja bemühte sich, die Festung Peter und Paul zu erklären.

»In welcher Reihenfolge wollen wir bei der Postmoderne auftreten?« fragte der Rabbi.

»Ich scheide aus, ich habe Migräne. Und Mimi hat es mit den Bronchien.«

»Die Reihenfolge ist unwichtig, sondern wer überhaupt«, erklärte Rasputin. »Wenn wir jeden auf die Bühne lassen, blamieren wir uns bis auf die Knochen.«

»Igitt, nun wird es peinlich«, hauchte der lila Schleier.

»Wer soll die Auswahl treffen?« fragte Raskolnikow.

»Du nicht. Dostojewski ist überhaupt nicht gefragt, es geht nur um die Postmoderne«, meinte der Rabbi.

Tonja nahm alle Kraft zusammen und rief ins Mikrofon, daß der Bus sich dem berühmten Kreuzer »Aurora« nähere. Es sind eben Künstler, dachte sie, man muß ihnen einiges nachsehen.

Die Großfürstin klappte das Buch zu und blickte hinüber zur Morgenröte.

»Hatte Caligula nicht ein Pferd namens Aurora?« bemerkte der Tierfreund.

Bis der Kreuzer hinter ihnen in der Geschichte versank, berichtete er von dem Aurorafalter, einem kleinen Schmetterling, der anders als die Nebelkrähen in ganz Europa verbreitet sei.

»Ich brauche dringend Kaffee!« meldete sich Rasputin.

»Im Winterpalais gibt es ein Café, in dem man auch rauchen darf«, vertröstete Tonja ihn und kam nun endlich auf die Kanonen der »Aurora« zu sprechen.

»Wenn kein anderer etwas weiß, werde ich über die Postmoderne sprechen«, erklärte die Großfürstin.

»Und Rasputin muß ein Koreferat halten«, schlug Mimi vor.

»Wenn ich keinen Kaffee kriege, bin ich bis zur Postmoderne tot.«

»Sag mal, Tonja, warum laufen in deiner Stadt so viele Offiziere mit Aktentaschen durch die Straßen?«

Das war ihr bisher nicht aufgefallen, aber tatsächlich, wenn man genau hinschaute: Es gab Offiziere, und es gab Aktentaschen.

»Es zieht«, beklagte sich Mimi.

»Liebe Tonja, sage bitte dem Fahrer, er soll die Heizung anstellen, sonst bekommt Mimi Fieber.«

»Detlev ist eingeschlafen.«

»Laßt mich, ihr Lieben, ich habe Migräne.«

Der Tierfreund brachte nun die Möwen ins Spiel, die weiß wie in allen Hafenstädten über die Dächer segelten.

»Sind das Lachmöwen?« fragte der lila Schleier.

»Wir fahren gerade am ehemaligen KGB-Komplex vorbei«, erklärte Tonjas sanfte Stimme. »Man sagt, es sei das höchste Gebäude der Stadt; schon aus seinen Kellern konnte man Sibirien sehen.«

Darüber lachte keiner.

Der schöne Detlev hob den Kopf und fragte, ob jemand Mineralwasser mit sich führe.

»Nur Rum«, antwortete Falstaff, »aber er hilft nicht gegen Migräne.«

Vor dem Winterpalais verließen sie den Bus. Rasputin schenkte dem Fahrer eine Zigarette. Beide lehnten an der warmen Motorhaube und rauchten schweigend.

Indessen kam es auf dem Platz, unmittelbar vor der großen Säule, zu einem heftigen Disput. Der Tierfreund hatte die Stufen des Monuments erklettert und begutachtete das Pferd des großen Peter. Raskolnikow wollte das Denkmal fotografieren mit Pferd, aber ohne den bedeutungslosen Tierfreund. Der wollte seinen Platz nicht räumen, denn er begutachtete gerade den Schweif des mächtigen Tieres, auf dem übrigens Möwen saßen und ihren Dreck abließen.

Tonja zeigte ihnen die Stelle, an der ausländische Prinzessinnen in Ohnmacht zu fallen pflegten, wenn sie den schönen Peter erblickten. Auch Detlev kam aus dem Bus, als er Tonja vom schönen Peter sprechen hörte.

»Hier also tobte der Sturm der Oktoberrevolution.«

»Es zieht wirklich«, beklagte sich Mimi.

Detlev fotografierte nackte Männer mit ausgeprägten Gesäßen, die ein mächtiges Portal stützten.

»Ich will endlich zu Dostojewski«, klagte Raskolnikow.

»Und wo ist das Café?« fragte der lila Schleier.

Tonja hatte Mühe, ihre Künstler wieder einzufangen, die sich auf dem weiten Platz, jeder seinen Neigungen nachgehend, verloren. Detlev ehrfürchtig vor dem Portal der nackten Männer, Mimi am Platz der ohnmächtigen Prinzessinnen, Rasputin rauchte schon die dritte Zigarette, und der Tierfreund behauptete, in der Quadriga über dem hohen Tor nisteten Nebelkrähen.

»Ich werde mir die Eremitage schenken«, verkündete Rasputin. Drei Stunden Kunst seien nicht zu ertragen, der Palast biete auch keine Möglichkeit, eine Zigarette zu rauchen, im übrigen stehe ihm der Sinn nach Hummer. »Ich spüre deutlich Hummergeruch, irgendwo in der Stadt gibt es Hummer.«

»Wo Hummer ist, kann Kaviar nicht weit sein«, meinte Falstaff. »Ich werde diese Stadt nicht verlassen, ohne ein Döschen Kaviar mitzunehmen.«

»Also hier war der Sturm?«

»Nein, drüben auf der anderen Treppe.«

Raskolnikow bat einen Passanten, ihn auf der historischen Treppe zu fotografieren.

»Seht nur, ich habe mich an eine Marmorsäule gelehnt, und sie hat mich ertragen«, verkündete er nach dem Fototermin.

»Wir kommen nun in den Saal der Feldmarschälle«, erklärte Tonja.

»Interessiert mich nicht, ich bin Kriegsdienstverweigerer«, sagte der Tierfreund.

»Ach, Kleines, du mußt nun mal deinen hübschen Mund halten. Vor lauter Reden sehen wir nichts mehr.

Fünfundzwanzig Picassos lassen sich nur schweigend ertragen.«

Das war die Großfürstin, die stolz und erhaben, wie aus einem Rubensschen Gemälde herausgetreten, durch die Säle streifte.

Der lila Schleier kniete vor einem Leonardo da Vinci. Mimi bekam einen schweren Hustenanfall. Die Großfürstin ließ sich auf einer Bank im Rembrandtsaal nieder und meditierte über die Postmoderne.

»Ich mach' mir nichts aus Gauguin, immer nur nackte Südseefrauen.«

Das sagte Detlev, dessen Migräne kurzfristig verflogen war, aber im Saal der Feldmarschälle wieder einsetzte.

»Schau mal, Mimi, wieviel Erotik in so einem Rubens steckt.«

»Ja, hundertfünfzig Kilo Erotik.«

»Wir betreten jetzt den Gästesaal des Zaren.«

»Eine Frage, Tonja: Wo haben die Gäste des Zaren geschlafen? Ich sehe weit und breit kein Bett.«

»Unser Rabbi denkt immer nur ans Schlafen.«

Der Tierfreund blickte aus dem Fenster zu der mächtigen Reiterstatue, die gerade von Nebelkrähen beschmutzt wurde.

»Glaube mir, Mimi, westlich der Elbe siehst du keine einzige Nebelkrähe.«

»Wo steckt unsere Großfürstin?«

»Sie meditiert im Rembrandtsaal.«

»Das ist aber ungezogen, uns so lange warten zu lassen.«

Im Bus verteilte Detlev die Bilder seiner nackten Männer. Großer Gott, waren das Kerle!

»Auf der Rückfahrt werden wir Dostojewski besuchen«, verkündete Tonja.

Raskolnikow nahm ihr das Mikrofon aus der Hand und gab eine kurze Einführung in »Schuld und Sühne«. Er malte in düsteren Farben die Straße, auf der der Mörder gegangen war, unmittelbar unter Dostojewskis Fenster, unterm Mantel verborgen die Axt, die berühmteste Axt der Weltliteratur. Eine Ecke weiter, oben im 5. Stock, geschah die Bluttat. Heute wohnt da wieder eine alte Frau mit ihrer Tochter und drei Enkeln. Es ist alles so wie damals. Wenn du vor der Tür stehst, siehst du das Blut über die Schwelle sickern.

Die Großfürstin riß Raskolnikow das Mikrofon aus der Hand, Mimi war in Ohnmacht gefallen.

»Du weißt doch, daß sie kein Blut sehen kann!«

Der Bus rollte über den Newski Prospekt, während Tonja von einem Kloster und seinem berühmten Friedhof erzählte.

»Ich besuche keine Friedhöfe«, erklärte der Tierfreund. »Die haben zuwenig Leben.«

»Vergiß die Nebelkrähen nicht!« unterbrach ihn der Rabbi. »Sie nisten auf allen Friedhöfen östlich der Elbe.«

Tonja begleitete die Künstler auf den berühmten Friedhof. Nur der Tierfreund ging seiner eigenen Wege, wanderte die Via dolorosa der Bettler entlang, fand neben dem Kloster zwei heruntergekommene Pferde, die zwischen windschiefen Grabsteinen grasten, und bedachte auf dem Rückweg jeden Bettler mit hundert Rubeln, wunderte sich aber, daß einige ihm den Schein zurückgaben und Valuta verlangten.

Besuch der lebenden Künstler bei ihren toten Vorgängern, so erklärte Tonja ihnen die Straße der toten Dichter, Komponisten, Maler und Schauspieler.

»Darf man auf einem Friedhof rauchen?«

»Wer knipst mich mal mit Dostojewski?«

»Hörst du den Gesang der Engel über Tschaikowskis Monument, Mimi?«

»Tschaikowski wird weit überschätzt«, winkte der Rabbi ab. »Rimski-Korsakow war ein viel bedeutenderer Künstler.«

»Daß ich nicht lache, Chopin war größer.«

»Wo liegt Chopin eigentlich begraben?« fragte der lila Schleier.

»Nicht bei uns«, antwortete Tonja.

»Und wer ist Baratynski?«

»Kennst du den nicht? Er hat die kraftvollste russische Lyrik des neunzehnten Jahrhunderts geschrieben und ist, wie es sich für ein Genie gehört, jung gestorben.«

Detlev hockte vor der Skulptur eines Jünglings, der im Juni des Jahres 1888 das Zeitliche gesegnet hatte.

»Glaubt mir, Leute, früher sahen die Menschen schöner aus.«

»Ich will zu meiner Varvara Anenkowa«, schwärmte Falstaff. »Sie war die lieblichste Schauspielerin ihres Jahrhunderts und starb schon mit vierundzwanzig Jahren.«

»Mimi friert.«

»Das ist normal, auf einem Friedhof muß man frieren.«

Falstaff kaufte einem jungen Mann, der an der Pforte herumlungerte, für fünf Dollar eine Pelzmütze mit Sowjetstern ab und setzte sie Mimi auf den Kopf.

»Nun siehst du aus wie die Prinzessinnen, die beim Anblick des schönen Peter in Ohnmacht fielen.«

Der Tierfreund verspätete sich, weil er ein halbes Stündchen mit den abgemagerten Pferden zwischen den Grabsteinen im Klostergarten geplaudert hatte.

»Das ist aber ungezogen«, klagte Falstaff.

Auf der Rückfahrt zum Hotel besprachen sie den nächsten Tag. Entweder Isaak-Kathedrale mit persönlicher Führung durch einen Popen oder Bootsfahrt auf der Newa mit und ohne Trachtengruppe.

»Wir können auch nach Puschkin fahren«, schlug Tonja vor. »Das während der Belagerung zerstörte Zarenschloß ist wieder restauriert.«

»Bernsteinzimmer!« wußte der Rabbi.

Der Tierfreund wollte den Stall besuchen, in dem die große Katharina es mit einem Eselhengst getrieben haben soll.

»Ich denke, wir sind Künstler!« empörte sich Mimi.

Die Großfürstin nahm derartige Schweinereien gar nicht mehr wahr, weil sie über die Postmoderne meditierte.

Auf halber Strecke verließ Raskolnikow vorzeitig den Bus, weil er den Weg gehen wollte, den der Mörder gegangen war, ganz still für sich und im Gedenken an Dostojewski.

Vor dem Hotel überreichte Falstaff jeder Dame mit artiger Verneigung eine Puschkinfeder. Auch Tonja wurde beschenkt. Daran erkannte sie, daß es wirklich Künstler waren.

Rasputin empfing sie mißmutig an der Hotelbar. Mehr als einen Duft von Hummer hatte er nicht verspürt. Seiner Nase folgend, war er auf eine Menschenschlange von fünfundzwanzig Metern Länge gestoßen. Als Künstler mochte er sich da nicht anstellen. Da niemand kam und sagte: Seht, das ist der berühmte Dichter Rasputin! Laßt ihn vortreten, um Hummer zu kaufen!, wanderte er beleidigt und unerkannt zum Hotel, wo er sich mit zwei doppelten Wodkas tröstete.

»Ach, Kleines«, sprach die Großfürstin und legte Tonja

ihren schwarzen Handschuh auf die Schulter. »Es war schön mit dir. Lebe wohl und gedenke unser, und bei der nächsten Führung erzählst du uns, was du bei der Belagerung erlebt hast.«

Mona Lisa im Feuerofen

Am Morgen seines fünfundsiebzigsten Geburtstages rief Saita seinen Sekretär zu sich und eröffnete ihm, daß er geträumt habe, das kostbarste Gemälde der Welt zu besitzen. Im Traum habe er es in einem Palast im fernen Europa gesehen, wo es darauf warte, nach Jokohama verschifft zu werden. Saita stattete den Sekretär mit den nötigen Vollmachten, Bankbürgschaften und Reiseschecks aus und schickte ihn noch am selben Tage zum Flughafen, damit er das kostbarste Gemälde der Welt hole. Da er, was die finanziellen Dinge anging, ein vorsichtiger Mensch war und mit jedem Cent rechnete, gab er dem Sekretär ein Limit: fünfhundert Millionen Dollar durfte er für das Gemälde ausgeben. Gelänge es, das Werk für einen geringeren Betrag zu erwerben, werde er ihn am Profit beteiligen.

Der Sekretär hatte während seiner langen Dienstzeit für Saita schon die sonderbarsten Aufträge erledigt, den Nachbau der Golden Gate im Park von Kioto arrangiert, den Turm von Pisa um einiges schiefer als im Original neben die Terrasse seines Herrn gestellt, ihm die Blaue Mauritius zum 70. Geburtstag erstanden und den Original-Big Ben gegen eine Kopie vertauscht und nach Tokio geholt, ohne daß Fleet Street von dieser Transaktion erfuhr. Da es an Geld nicht fehlte – Saita galt bei Banken und Finanzministern als reichster Mann der Welt, um einiges wohlhabender als die Königin der Niederlande –, bereitete die Erfüllung dieser Aufträge keinerlei Mühe. Die neue Mission machte ihm jedoch gewisse Sorgen, denn das bedeutendste Gemälde der Welt ist, wie sich jeder denken kann, nicht nur ein materieller Wert, ihm haftet auch etwas Unbezahlbares an. Schließlich: Wer sagte ihm, welches das bedeutendste Gemälde der Welt ist? Es war gerade so, als hätte ihn sein Herr beauftragt, die schönste Frau der Welt zu beschaffen. Auch dafür gab es keine verläßlichen Börsenkurse.

Im Flugzeug studierte er die Kataloge von Florenz, Madrid, Paris, München, Amsterdam, London und entschied, zunächst dem Vatikan einen Besuch abzustatten. Es dünkte ihm naheliegend, das bedeutendste Gemälde der Welt im bedeutendsten Dom der Christenheit zu suchen. Da er wußte, daß auch der Heilige Stuhl von ständiger Geldnot geplagt wurde, dachte er, das Kunstwerk für vierhundert Millionen Dollar zuzüglich Transportkosten erwerben zu können. Die purpurgekleideten Kardinäle, bis zu denen er vordrang, schlugen dagegen vor, die vierhundert Millionen den Hungernden der Welt zu spenden. Dafür werde die Heilige Kirche eine vollendete Kopie des bedeutendsten Gemäldes kostenlos nach Tokio überstellen und seinem Herrn eine Messe lesen.

Der Sekretär konnte nur mit Mühe seinen Zorn unterdrücken, zwang sich aber zu der höflichen Bemerkung, er werde nachdenken. Tatsächlich eilte er, ohne nach weiteren Gemälden zu fragen – die Uffizien von Florenz überflog er in achttausend Meter Höhe –, unverzüglich nach Paris.

Auf den Champs-Elysées flanierend, fragte er eine junge Frau nach dem bedeutendsten Gemälde.

Sie lachte ihn an und erklärte, es hänge bei ihr in der

Küche und zeige ihren Geliebten, dessen Rückkehr von einer längeren Reise sie stündlich erwarte, in Matrosenuniform.

Der Sekretär fragte nach dem Preis.

Es kostet nichts, antwortete die Frau. Sie habe es selbst gemalt und dafür keinen Franc bezahlt.

Eine Marktfrau, die er an den Quais ansprach, hielt die Jungfrau mit dem Kinde aus der Kirche La Madeleine für das bedeutendste Gemälde. Es könne aber auch der Gekreuzigte selber sein. Ein Veteran der großen Kriege entschied sich für ein Gemälde, das den Imperator zeigte, wie er zu Pferde auf einem Hügel vor Austerlitz die Schlacht lenkte.

Vor einem großen Gebäude traf er eine Menschenmenge, vorwiegend Japaner und amerikanische Staatsbürger. Als er hörte, daß sie darauf warteten, das bedeutendste Gemälde der Welt zu sehen, stellte er sich mit in die Reihe. Nach mehrstündigem Warten wurden sie vor ein unscheinbares Gemälde geführt, das eine Frau zeigte mit plumpen Händen und langem dunklem Haar, das über einen kräftigen muskulösen Oberkörper fiel. Der Sekretär hatte erwartet, auf dem bedeutendsten Gemälde der Welt ein gigantisches Bergmassiv, Meereswogen, Schlachtschiffe oder feuerspeiende Vulkane dargestellt zu finden, doch nun sah er eine schlichte Frau, grob im Körperbau, weit entfernt von der zierlichen Anmut der Geishas in den Teestuben von Jokohama.

Was mag das Bild kosten? fragte der Sekretär einen Farmer aus Iowa. Der kannte sich in den Preisen solcher Frauengestalten nicht aus und erklärte, daß er die Person für fünfundzwanzig Dollar nach Sioux City mitnehmen und in seiner Garage aufhängen würde.

Der Sekretär suchte den Museumsdirektor auf und er-

141

klärte ihm, sein Herr, der reichste Mann der Welt, habe ihn ausgeschickt, das bedeutendste Gemälde der Welt zu erwerben.

Der Direktor lachte. Solche Besucher seien ihm allemal lieber als jene Verwirrten, die die unschätzbaren Bilder mit Messern oder Säureflaschen attackierten. Natürlich sei die Mona Lisa nicht verkäuflich, sie sei im Grunde unbezahlbar, aber es erfülle ihn doch mit Genugtuung, daß ein Mensch auf der anderen Seite des Erdballs bereit sei, ein Vermögen für sie auszugeben.

Der Sekretär dachte, der Museumsdirektor sei in die Frauensperson verliebt, denn er wußte keinen anderen Grund, warum jemand einen Gegenstand für unbezahlbar hielt.

Wem gehört das Bild? fragte er.

Er hörte den Museumsdirektor etwas von der Grande Nation murmeln, auch fiel das Wort Nationalheiligtum, doch keine Zahlen, weder in Dollar noch in Franc, kamen über seine Lippen.

Der Sekretär glaubte, sich näher über die Motive seines Herrn erklären zu müssen. Er sagte, daß es doch vernünftig sei, wenn der reichste Mann der Welt das teuerste Gemälde der Welt begehre. Wer sonst, wenn nicht sein Herr, könne sich ein solches Kunstwerk leisten. Beiläufig erwähnte er, ermächtigt zu sein, bis zu vierhundertfünfzig Millionen Dollar auszugeben.

Als der Museumsdirektor die Zahl hörte, erschrak er, lupfte sein Schnupftuch aus der Tasche und wischte vorsichtig über die Stirn. Wieder erwähnte er, nun schon etwas leiser, die Grande Nation, die er für groß genug hielt, dieses Kunstwerk nicht für schäbige vierhundertfünfzig Millionen Dollar herzugeben. Das wäre so, als müßte Jeanne d'Arc ein zweites Mal auf dem Scheiterhaufen brennen oder Notre-Dame an Hollywood verkauft werden.

Nach einigem Nachdenken fragte er vorsichtig, ob es vielleicht ein Renoir sein dürfe oder ein van Gogh? Letzterer habe so viele herrliche Sonnenblumen gemalt, da könne man wohl einige entbehren. Für die genannte Summe bekäme der reichste Mann der Welt vielleicht sogar zwei Sonnenblumen.

Der Sekretär blickte ihn irritiert an. Er verstehe die Situation nicht. Sein Herr wolle das bedeutendste Gemälde der Welt, Sonnenblumen und van Goghs abgeschnittene Ohren interessierten ihn nicht im geringsten.

Sie tauschten ihre Visitenkarten. Der Museumsdirektor erklärte, er müsse den Fall dem Präsidenten der Republik vortragen, und der Sekretär versprach, übermorgen wieder nachzufragen. Übrigens, ließ er bei der Verabschiedung einfließen, sei sein Herr bereit, bis zu einer halben Milliarde Dollar für das bedeutendste Gemälde der Welt auszugeben.

Am selben Abend nahm der Museumsdirektor an einem Festbankett teil, das die Regierung den armen Künstlern der Stadt gab. Er kam neben dem Finanzminister zu sitzen und erzählte ihm nach der Suppe von jenem sonderbaren Japaner, der um die Hand der Mona Lisa angehalten hatte. Früher seien es die verrückten Amerikaner gewesen, die mit ihrem Reichtum die Schätze der Alten Welt aufzukaufen suchten, nun komme das schäbige Geld aus dem Fernen Osten, und das arme Europa müsse sich seiner Zudringlichkeit erwehren.

Der Minister fragte nach der Summe.

Als der Museumsdirektor die Zahl nannte, legte er den Schöpflöffel kurz zur Seite; jeder konnte bemerken, daß er angestrengt rechnete.

Sind Sie sicher, daß er Dollar sagte und nicht Yen?

Aber gewiß, er sprach von einer halben Milliarde amerikanischer Dollar.

Das wären an die fünf Milliarden Francs, stellte der Finanzminister fest, eine Summe, mit der wir mühelos unsere Sozialversicherung sanieren könnten.

Der Kultusminister gegenüber war aufmerksam geworden und fragte, ob sein Ressort betroffen sei.

Ein Japaner will unsere Mona Lisa für fünfhundert Millionen Dollar kaufen, erklärte der Finanzminister. Unbegreiflicherweise hat unser Franc zur Zeit einen leichten Schwächeanfall, während der amerikanische Dollar im Steigen begriffen ist. Diese Konstellation macht das Geschäft besonders interessant.

Der Kultusminister sprang auf und warf demonstrativ ein Rotweinglas um, so daß es aussah, als fließe Blut über das weiße Tuch.

Nur über meine Leiche! rief er so laut, daß der Präsident aufmerksam wurde und einen Diener schickte, nach dem Grund der Unruhe zu fragen.

Der Museumsdirektor, ganz den ewigen Werten der Kunst verpflichtet, rechnete vor, daß ein Verkauf des Gemäldes unwirtschaftlich sei. Jährlich kämen fünf Millionen Besucher, vornehmlich reiche Ausländer, um die Mona Lisa zu sehen. Jeder zahle dafür dreißig Francs, was sich auf einhundertfünfzig Millionen Francs summiere. Gebe man die Mona Lisa außer Landes, werde der Besucherstrom versiegen. Auf lange Sicht verliere die Nation durch den Verkauf mehr, als sie durch die Einnahme einer hohen Summe gewinne.

Dem hielt der Finanzminister entgegen, daß allein die Zinserträge der hohen Summe ausreichten, um die Verluste an Eintrittsgeld wettzumachen. Im übrigen berief er sich, was die Sanierung der Staatsfinanzen anging, auf sein Vorbild, den schon dreihundert Jahre toten Colbert. Von einem Gemälde, das im Louvre hänge, habe niemand etwas, kein Hungernder könne ein Stück davon abbeißen, aber mit fünfhundert Millionen sei dem Volk zu helfen. An einem Kunstwerk könne sich jedermann auch mittels einer guten Kopie erfreuen.

Ausgerechnet Tokio! ereiferte sich der Kultusminister. Diese Stadt in ständiger Erdbebengefahr. Beim nächsten Brand werde das Gemälde den Flammen zum Opfer fallen. In Paris sei die Mona Lisa sicher vor Wirbelstürmen, Erdstößen und Überschwemmungen, selbst die Hunnen hätten es im letzten Krieg verschont.

Der Wirtschaftsminister kam dem Finanzminister zu Hilfe und jammerte über die wachsende Verschuldung des Staates. Dabei sei die Grande Nation reich an Schlössern, Gemälden und antiken Scherben, nur liege der Reichtum nutzlos herum wie der Goldschatz der Bank von Frankreich. Warum nicht die große Kunst in klingende Münze verwandeln, um mit dem Erlös etwas Gutes anzurichten?

Die Franzosen werden Ihnen dankbar sein, wenn Sie sich von dem toten Kapital der Kunst trennen! rief er dem Kultusminister zu.

Der sprach von Barbarei, von fernöstlichen Horden und dem Ausverkauf des Abendlandes. Um von der Mona Lisa abzulenken, schlug er vor, den Arc de Triomphe nach Japan zu verkaufen. Gäbe man das Zeughaus und die Gebeine Napoleons drauf, müßte wohl auch eine Summe von fünfhundert Millionen Dollar zu erzielen sein.

Gegen solchen Frevel verwahrte sich entschieden der Verteidigungsminister. Der sprach, während die Orden an seiner Brust bebten, von Ruhm und Ehre und den Schlachten Frankreichs, die in dem Gemäuer verewigt seien, auch vergaß er die ewige Flamme nicht. Eine solche Taktlosigkeit gegenüber den Toten von Borodino bis Dien Bien Phu sei ihm noch nicht vorgekommen. Warum nicht auch das Beinhaus von Verdun meistbietend verkaufen? schlug er grimmig vor.

Als der Präsident Verdun hörte, zuckte er zusammen. Er ergriff nun das Wort, um zu erklären, daß die iberische Halbinsel das Zentrum der industriellen Welt hätte sein können, wenn die in Südamerika geraubten Schätze nicht in den Truhen der Herrscher und Kathedralen verschwunden wären. Dieses Kapital hätte sinnvoll in die Wirtschaft investiert werden müssen, dann hätte Spanien die Welt beherrscht.

Der Finanzminister fühlte sich durch das Präsidentenwort bestärkt und forderte sogleich eine neue Revolution. Wieder sei das Kirchenvermögen zu konfiszieren, die Gold- und Silberschätze aus den Domen zu Sotheby's zu schaffen – die Gemälde natürlich auch –, um das tote Kapital zum Leben zu erwecken.

Mit matter werdender Stimme verteidigte der Kultusminister die ewigen Werte.

Ewige Werte! riefen Finanz-, Wirtschafts- und Verteidigungsminister wie aus einem Munde. Eines Tages wird alles untergehen, entweder im nächsten Atomkrieg, bei der Überschwemmung Europas durch das steigende Meer, spätestens beim unvermeidlichen Untergang der Welt. Dann sei es auch mit der Mona Lisa zu Ende.

Vor dem Dessert wurde die Sache entschieden. Es siegte das soziale Herz des Finanzministers über den anmaßenden Anspruch der Kunst. Der Präsident gab den Ausschlag, der Kultusminister trat zurück, blieb aber am

Leben, der Verteidigungsminister äußerte Befriedigung, daß die ewige Flamme, die Trophäen des Zeughauses und die Gebeine von Verdun gerettet seien. Der Museumsdirektor bekreuzigte sich vor aller Augen, nahm keine Speisen mehr zu sich, trank aber unmäßig Wein. Vorzeitig verließ er die Tafel, um den Sekretär anzurufen. Zugleich erteilte er den Auftrag, eine originalgetreue Kopie des Gemäldes auf elektronischem Wege anzufertigen, und ordnete strikte Geheimhaltung an. Der Besucherstrom durfte nicht abreißen. Niemand sollte erfahren, daß das Original der Mona Lisa auf dem Wege nach Fernost sei. Kunstliebhaber, die bereit sind, ein ordinäres Stück Seife, einen Haufen Hundedreck oder beschmierte Badewannen zu bewundern, werden auch nicht abgeneigt sein, die perfekte Kopie des schönsten Gemäldes der Welt zu verehren. Damit auch Kunstkenner die Täuschung nicht entdeckten, ordnete der Museumsdirektor an, daß die Mona Lisa aus Sicherheitsgründen nur in gebührendem Abstand und geschützt von einer Wand kugelsicheren Glases betrachtet werden dürfe.

Der Umtausch erfolgte in finsterer Nacht. Sträflinge, die nach getaner Arbeit lebenslang nach Cayenne verbannt wurden, verpackten die echte Mona Lisa. Ein Lastauto, für den Transport von atomarem Fallout bestimmt, brachte die kostbare Fracht nach Le Havre, wo ein japanisches Containerschiff auf Reede wartete. Der Öffentlichkeit teilte die Regierung mit, der LKW habe atomare Brennstäbe zu dem japanischen Schiff gebracht. Die Umweltschützer protestierten wie gewohnt, sie belagerten den Hafen und wollten den vermeintlichen Atomfrachter nicht auslaufen lassen. Kanonenboote bereiteten der Mona Lisa den Weg, begleiteten den Frachter über die Ozeane der aufgehenden Sonne entgegen.

Die Zentralbanken der Welt registrierten einen durch die ökonomischen Daten nicht gerechtfertigten Kursanstieg des Franc und ein bedeutsames Wachsen der französischen Devisenreserven.

Als das Schiff nach sechzig Tagen vor Jokohama eintraf, erhob sich erneut ein Proteststurm der Atomgegner. Die Ausladung fand unter Polizeischutz statt, ein Panzer der japanischen Friedensstreitkräfte brachte die unscheinbare Kiste zu Saitas Anwesen am Fuß des heiligen Berges. Der reichste Mann der Welt saß beim Tee und hörte europäische Musik, als der Sekretär die Kiste ins Haus tragen ließ. Er schickte alle Arbeiter und Diener fort und fragte, ob Saita die Enthüllung selbst vornehmen wolle. Der ließ sich die Quittung der Bank von Frankreich über fünfhundert Millionen Dollar und die Spesenabrechnung zeigen, zog die Vorhänge zu, setzte sich im Halbdunkel auf den Boden und befahl die Öffnung der Kiste. Der Sekretär entfernte Holz und Eisendraht, legte Schicht um Schicht des Verpackungsmaterials frei, bis die purpurne Hülle sichtbar wurde, in die das Bild gekleidet war. Schließlich bat er seinen Herrn, den letzten Vorhang selbst beiseite zu ziehen.

Saita verneigte sich vor dem purpurnen Tuch, streichelte es mit seinen alten Händen, dann riß er es mit einer heftigen Bewegung zur Seite. Mona Lisa lächelte ihn an. Erschrocken wich er zurück, verneigte sich vor der Dame und stammelte einige Begrüßungsworte.

Es soll eine Frau sein, erklärte der Sekretär, aber Genaues weiß niemand. Der Maler ist vor vierhundert Jahren gestorben, man kann ihn nicht mehr befragen.

Wortlos standen sie sich gegenüber, der reichste Mann der Welt und das berühmteste Gemälde der Welt. Saitas

Lippen bebten, die Dame lächelte. Ein so vielsagendes Lächeln. Was wollte sie damit ausdrücken? Lachte sie über den alten Mann, der eine halbe Milliarde Dollar, die Frachtkosten nicht gerechnet, für ein mit Farbe beschmiertes Stück Leinwand ausgegeben hatte? Als er sie näher betrachtete, entdeckte Saita asiatische Züge an der Frau. Nur die groben Hände irritierten ihn. Er erklärte dem Sekretär, daß er einen neuzeitlichen Maler beauftragen werde, sie etwas zierlicher zu gestalten. Der Sekretär gab zu bedenken, daß ein solcher Eingriff den Wert des Gemäldes schmälern müsse, denn alle Welt kenne nun mal die Mona Lisa mit dicken, feisten Händen.

Was geht mich alle Welt an? rief Saita. Fünfhundert Millionen Dollar habe ich gezahlt und soll nicht das Recht besitzen, das Bild so zu gestalten, wie es mir gefällt?

Er plante auch, das Gemälde den übrigen Bürgern seines Landes zugänglich zu machen. Für ein paar Monate wollte er die Mona Lisa vor den Toren des Kaiserpalastes ausstellen mit dem stillen Nebengedanken, auf diese Weise einen Teil des Kaufpreises zurückzugewinnen, denn jeder Besucher sollte für das geheimnisvolle Lächeln zehn Dollar Eintritt entrichten. Wenn alle erwachsenen, nicht kranken oder gehbehinderten Einwohner des Kaiserreichs kämen, um einen Blick auf das kostbare Gemälde zu werfen, wäre der Kaufpreis beglichen.

Der Sekretär mußte ihm eröffnen, daß er eine Nebenabrede mit der Grande Nation getroffen habe, wonach das Geschäft unbedingt geheimzuhalten sei. Niemand dürfe erfahren, daß sich die echte Mona Lisa in Japan aufhalte, er könne sich nur privat und ohne öffentliche Anteilnahme seines Besitzes erfreuen.

So blieb das Gemälde in Saitas Schlafgemach, am Tag verhüllt, um es vor neugierigen Blicken und den Strahlen der Sonne zu schützen, nachts von Scheinwerfern in goldenes Licht getaucht, die Saita von seinem Lager ein- und ausschalten konnte. Stunde um Stunde saß er vor dem Bild, studierte diese Frau und sprach mit ihr. Er entdeckte, daß ihr Lächeln bei einem bestimmten Lichteinfall sinnlich wurde, wohingegen der Mondschein ihr ausgesprochen traurige Züge verlieh. Im Morgenlicht sah sie klug und streng aus, wenn die Abendsonne den Himmel färbte, verwandelte sie sich in ein Bild der Wolllust. Die Landschaft im Hintergrund des Gemäldes erinnerte ihn an seine Kindertage, die er auf der Insel Kyuschu verlebt hatte. Reizvoll kontrastierte das smaragdgrüne Wasser seines Aquariums mit Mona Lisas Augen. Bei einer bestimmten Stellung der Mittagssonne zur Zeit der Tag-und-Nacht-Gleiche im September bekam Mona Lisa rötliches Haar.

Das Gemälde veränderte Saitas Lebensgewohnheiten. Er fuhr nicht mehr so oft in sein Büro im Wolkenkratzer der Stadt, sondern blieb, wenn immer es ging, bei seiner Mona Lisa. Er hielt sich gern in ihrer Nähe auf. Betrat er den Raum, in dem sie hing und lächelte, verneigte er sich tief, ebenso wenn er ihn verließ. Er sprach viel in ihrer Gegenwart, erzählte von seiner Jugend auf Kyuschu und seinen Frauen, auch offenbarte er ihr seine geheimsten Wünsche.

Eines Morgens rief er den Sekretär, um die letzten Dinge zu ordnen. Er spürte sein Alter und glaubte, es sei an der Zeit, sich vorzubereiten. Nachdem er das Wesentlichste zu Papier gebracht hatte, teilte er dem Sekretär mit, daß er und Mona Lisa beschlossen hätten, gemeinsam aus dem irdischen Leben zu scheiden. Mona Lisa wolle ihn begleiten. Er werde schriftlich verfügen, das Gemälde mit in seinen Sarg zu geben.

Der Sekretär erbleichte. Da die Bestattung nach schintoistischem Ritus, also mit Feuer, zu erfolgen hatte, sah er fünfhundert Millionen Dollar in Flammen aufgehen.

Die Mona Lisa ist ein Kunstwerk, das der ganzen Welt gehört, wagte er einzuwenden.

Saita schüttelte den Kopf. Er habe diese Frau für eine halbe Milliarde Dollar redlich erworben, sie gehöre ihm, und er könne beliebig über sie verfügen. Kein Gesetz hindere ihn daran, das Kunstwerk im Meer zu versenken oder ins Feuer zu geben. Für den Rest der Menschheit, die fünf Milliarden Kunstliebhaber, versprach er, eine Kopie anfertigen zu lassen, das Original aber müsse mit ihm aus der Welt scheiden.

Der Sekretär erwähnte, daß sich in Europa die bedeutenden Persönlichkeiten keineswegs verbrennen, sondern eingraben ließen. Feuerbestattung sei dort nur den Armen vorbehalten. Da er längst schon auf seiten der ewigen Werte war, hoffte er, seinen Herrn für den europäischen Brauch erwärmen zu können, um so das Gemälde zu retten. Er würde es präparieren und in Kunststoff einschweißen, so daß es wohl ein paar Jahrhunderte unbeschädigt neben Saita in der Erde überdauern könnte.

Sein Herr lehnte dieses Ansinnen ab. Nein, er wolle ein Ende finden wie die Väter, und seine Frau müsse mit ihm verbrennen. Es sei ihm auch ein Greuel, daran zu denken, wie nach seinem Tode Grabräuber kämen, um das Gemälde aus der Erde zu wühlen. Er habe wohl gelesen, wie die europäischen Grabräuber die ägyptischen

Pharaonengräber geplündert hätten. Ein solches Schicksal wolle er sich und seiner Mona Lisa ersparen.

Vielleicht sollte man das Gemälde mit einer großen wohltätigen Geste dem Kaiserhaus oder dem japanischen Volke zum Geschenk machen, gab der Sekretär zu bedenken. Saita würde sich damit ein ewiges Gedächtnis machen. Eine Mona-Lisa-Saita-Stiftung könnte ins Leben gerufen werden, es sei mit der Errichtung von Denkmälern zu rechnen.

Doch der starrköpfige alte Mann beharrte darauf, daß dem Volk eine Kopie genügen sollte. Es sei auch ungehörig, die eigene Frau dem Kaiserhaus oder dem Volke anzubieten.

In seiner Verzweiflung wandte sich der Sekretär an einen Beamten des Wirtschaftsministeriums. Er fragte dezent an, ob die Regierung nicht ein Gesetz einbringen könne, das die Vernichtung von Kunstwerken zu privaten Zwecken verbiete.

Der Beamte äußerte Zweifel. Japan sei nun mal mit dem Kapitalismus groß und reich geworden. Tragende Säule des kapitalistischen Systems sei die freie Verfügbarkeit über das persönliche Eigentum. Es müsse erlaubt bleiben, sich mit Banknoten Zigarren anzuzünden, wertvollen Schmuck in einen feuerspeienden Berg zu werfen, antike Vasen zu zertrümmern und Gemälde, die einem nicht gefielen, zu verbrennen. So eben sei das kapitalistische System. Wolle man da Beschränkungen einführen, werde es zusammenbrechen und Japan in Armut versinken.

In seiner Not setzte sich der Sekretär mit dem Pariser Museumsdirektor in Verbindung und berichtete, welches Schicksal der Mona Lisa drohe. Der alarmierte das französische Verteidigungsministerium und forderte die

Entsendung einiger Mirage-Flugzeuge, um Saitas Palast zu bombardieren. Auch das Erscheinen eines Flugzeugträgers in der Tokio Bay könnte hilfreich sein.

Auf den Einwand, das militärische Getöse könnte Mona Lisa in Gefahr bringen, sann der Museumsdirektor auf diplomatische Auswege. Er rief ein Komitee ins Leben, das sich die Rettung bedeutender Kunstwerke zum Ziel setzte. In einem Manifest, das die Billigung der Vereinten Nationen und aller kulturliebenden Völker fand, wurde verfügt, daß die Kunstwerke Gemeinschaftseigentum der ganzen Menschheit und damit dem skrupellosen Egoismus des einzelnen entzogen seien. Eine französische Autofirma stiftete die erste Million für das Komitee, abgedankte Minister beteiligten sich mit symbolischen Franc-Münzen, von einem Schweizer Nummernkonto kamen hundert Millionen des Medellin-Kartells. Die Bank von Frankreich verkaufte diskret einige Goldbarren auf den internationalen Märkten und stiftete den Erlös dem Komitee zur Rettung bedrohter Kunstwerke. Auch die sizilianische Mafia zeigte sich mit ein paar Milliarden Lire erkenntlich. Der Heilige Stuhl begann einen neuen Ablaßhandel, um Mittel zur Rettung der Mona Lisa einzusammeln, allerdings mit dem Hintergedanken, das Gemälde nach der Rückkehr aus der fernöstlichen Diaspora neben die Sixtinische Madonna zu hängen.

Innerhalb eines halben Jahres kamen siebenhundertfünfzig Millionen Dollar zusammen. Damit reiste ein Beauftragter des Komitees nach Japan, der Sekretär arrangierte ein Zusammentreffen mit Saita, das in dessen Schlafzimmer vor den Augen der Mona Lisa stattfand. Im Beisein der Frau offerierte der Abgesandte Frankreichs dem reichsten Mann der Welt siebenhundertfünfzig Millionen Dollar für die Rückgabe des Gemäldes. Er fügte hinzu, daß das Kunstwerk erst nach dem Tode Saitas lieferbar sei, bis dahin dürfe er sich der Mona Lisa erfreuen.

Der Sekretär erwähnte beiläufig, daß das immerhin ein Gewinn von fünfzig Prozent sei.

Saita blickte zu der lächelnden Frau, schien sich mit ihr zu verständigen. Dann schüttelte er sanft den Kopf.

Er lebe schon lange in einem Stadium, in dem ihm Geld nichts mehr bedeute, erklärte er. Siebenhundertfünfzig Millionen Dollar mehr oder weniger berührten ihn nicht sonderlich. Es gebe Dinge, die nicht mit Dollar bezahlbar seien, so diese Frau, die er mitnehmen werde in sein Leben nach dem Tode.

Der Abgesandte des europäischen Komitees brach in Tränen aus. Stumm verharrte er vor dem Gemälde. Ihm kam es vor, als habe auch Mona Lisa feuchte Augen. Jahre später schrieben die Zeitungen, er sei der letzte Europäer gewesen, der Mona Lisa, die wahre und einzige Mona Lisa, gesehen habe.

An seinem 80. Geburtstag hatte Saita seinen letzten großen Auftritt in der Öffentlichkeit. Danach zog er sich von seinen Geschäften zurück und lebte nur noch im Schlafgemach in ständigem Zwiegespräch mit der lächelnden Frau.

Wie eine Rettung in letzter Stunde kam der Kurssturz an der Tokioter Börse. Saita verlor die Hälfte seines Vermögens, blieb aber immer noch der reichste Mann der Welt, da die anderen Reichen ebenfalls die Hälfte verloren hatten. Als auch die Grundstückspreise in Tokio von den Wolkenkratzern in die Tiefgaragen stürzten, meldeten sich die Banken und forderten diskret weitere Sicherheiten. Der Sekretär schlug vor, die Mona Lisa zu verpfänden. So wäre sie der Verfügungsgewalt Saitas entzogen und in den Händen der Banken, die zu den schlimmsten Grausamkeiten fähig sind, aber wohl niemals auf den Gedanken gekommen wären, eine Frau zu verbrennen.

Saita verkaufte die Villa am heiligen Berg. Er entäußerte sich jeden Schmucks, trennte sich von einer Goldader auf der Insel Tasmanien, gab ein Walfangmutterschiff, an dem er sehr hing, in Zahlung. Er liquidierte einige altchinesische Meister, ließ mehrere Ming-Vasen versteigern und kündigte der Hälfte seiner Dienerschaft. Nur der Mona Lisa hielt er die Treue. Als das Finanzamt ihm eine Steuernachforderung über mehrere Milliarden Yen ins Haus schickte, kürzte er die Gehälter seiner Angestellten und schaltete stundenweise den elektrischen Strom ab. Nur Mona Lisa blieb Tag und Nacht im Lichte milder Scheinwerfer.

An einem heißen Frühlingstag streckte ihn ein Schlaganfall nieder. Der Versuch des Sekretärs, noch in letzter Stunde eine Änderung des Testaments zu erreichen, scheiterte, weil Saita nicht mehr das Bewußtsein erlangte. So mußte sein letzter Wille vollzogen werden. Am 1. April 1995 verbrannten sie in einem Hain nördlich der Hauptstadt die Mona Lisa, begleitet von den sterblichen Überresten eines gewissen Saita. Die Welt hielt den Atem an. Der französische Kultusminister verkündete in einer eilig einberufenen Pressekonferenz, das in Tokio eingeäscherte Gemälde sei eine Kopie gewesen. Die wahre Mona Lisa hänge sicher und unversehrt im Louvre. Das beruhigte die fünf Milliarden Menschen, denen die Mona Lisa gehörte. Auch der französische Franc, der nach Eintreffen der Schreckensnachricht aus

Tokio einen schweren Sturz erlitten hatte, erholte sich wieder. Die Besucher strömten weiter nach Paris, um das bedeutendste Kunstwerk der Welt zu bewundern, in erster Linie Amerikaner und Japaner. Nur zwei Männer kannten die Wahrheit, Saitas Sekretär und der Pariser Museumsdirektor. Beide schwiegen und nahmen sie mit ins Jenseits, der eine unter die Erde, der andere ins Feuer.

Tod am Sonntag

Für den letzten Arbeitstag war der Champagner kalt gestellt, die Rede im Entwurf geschrieben. Um elf Uhr die Betriebsversammlung, auf der er sich von den Mitarbeitern verabschieden wollte, anschließend ein Empfang für die Leitenden, am späten Nachmittag hinaus in die Berge, Schneewandern. So stand es in seinem Terminkalender für Freitag, den 26. Februar.

Tatsächlich trafen sie sich an diesem Freitag, aber zu einer Verabschiedung anderer Art, auch um elf Uhr. Generaldirektoren der Wirtschaft, Abgeordnete, Minister und Staatssekretäre, Künstler, Museumsdirektoren, die Präsidenten der höchsten Gerichte, die Kollegen aus den Vorständen. Die geplante Ordnung seines letzten Arbeitstages war zur Ordnung seiner letzten Stunde geworden: Beisetzung am Freitag, dem 26. Februar, um elf Uhr. Danach wollte er zum Schneewandern an den Schliersee aufbrechen, Schneewandern war seine einzige Leidenschaft. Schnee gab es reichlich an diesem 26. Februar.

Als die Orgel schwieg, zählte eine Stimme seine Lebensdaten auf: Nach dem Studium der Rechte am 1. April 1954 in das Unternehmen eingetreten, zehn Jahre später schon im Vorstand, seit 1970 Vorsitzender ...

Er soll in einer letzten Verfügung bestimmt haben, wer zu diesem Freitag eingeladen werden darf. Auch gab es eine Anordnung, wonach nur der Pfarrer sprechen sollte, sonst niemand. Er wußte um die Verlogenheit aller Trauerreden und daß über Tote nur Gutes gesagt werden durfte.

Probleme gab es mit den Räumlichkeiten. Schließlich war er Protestant und fand in der katholischen Stadt kein protestantisches Gotteshaus, das groß genug war für dreihundert Trauergäste.

Ein Vierteljahrhundert Vorsitzender des Vorstandes, zählte der Pfarrer auf. Den Titel Generaldirektor, der ihm mehrfach angeboten wurde, lehnte er ab, den Doktor bekam er ehrenhalber, mied es jedoch, ihn im geschäftlichen Verkehr zu verwenden.

»Ein feste Burg ist unser Gott …« ertönte es von der Empore. Ja, er war Protestant, geboren im Herzen des Protestantismus und im grünen Herzen Deutschlands. Daß dieses Herz vierzig Jahre lang rot schlug, hatte ihn tief geschmerzt, die Rückkehr Thüringens in die Mitte Deutschlands, die er noch erleben durfte, hatte ihn sehr bewegt.

Warum überließen sie ihm nicht die große katholische Marienkirche? Da hätten die Trauergäste nicht in den Gängen stehen müssen.

Das hatte er sich ausdrücklich verbeten, die katholischen Gotteshäuser erschienen ihm zu prunkvoll. Er liebte den schlichten Backstein des Nordens, St. Marien in Lübeck, den Dom zu Ratzeburg.

Die Stimme zählte die Aufsichtsratsmandate. Unter den Trauergästen sah man den Ministerpräsidenten des Landes neben dem Oberbürgermeister der Stadt.

Den Bibeltext soll er selbst ausgesucht haben:

»Ich habe einen guten Kampf gekämpft, ich habe den Lauf vollendet, ich habe Glauben gehalten.«

Unter seiner Führung erhielt das Unternehmen Weltgeltung. Er brachte es zurück an die Spitze, von der die Weltgeschichte es 1914 und 1939 verdrängt hatte.

Drüben saß der Repräsentant aus Australien, der Herr im schlohweißen Haar. Aus den Vereinigten Staaten war eine ganze Flugzeugladung eingetroffen. London war vertreten und Paris. Die Stimme erwähnte die Beiräte und Kuratorien, denen er angehört hatte. Der Verstorbene war ein bedeutender Förderer der Wissenschaften.

Als die Erde bebte, hielt er sich in San Francisco auf. Er flog in den Fernen Osten, um die Verwüstungen in Augenschein zu nehmen, die der Taifun Mireille an der japanischen Küste angerichtet hatte. Wer dem bedeutendsten Unternehmen dieser Art vorsteht, ist auch an den bedeutendsten Katastrophen auf dem Globus beteiligt. Selbst der Ausbruch des Pinatubo berührte ihn und seine Firma.

Er diente sein Leben lang nur diesem einen Unternehmen, wußte die Stimme zu sagen.

Kein Mensch hat ihn je in einer Nachtbar gesehen oder biertrinkend auf dem Oktoberfest. Das sagten die, die in den hinteren Reihen standen. Spaziergängern, die spätabends durch den Englischen Garten wanderten, fiel das Licht auf im obersten Stockwerk. Wenn er nicht schlief, arbeitete er. Besaß er keine Familie?

Doch, doch, eine reizende Frau, mehrere Kinder und schon drei Enkel. Sie standen vorn, ein kleines Häuflein inmitten der schwarzen Schar großer Namen.

Einundzwanzig Tage Urlaub im Jahr. Immer am 1. August fuhr er zu einer bestimmten Insel in der Nordsee, wohnte immer im selben Haus hinter den Dünen, blieb über Telefon, Funk und Telefax mit der Zentrale verbunden. Jeden Morgen brachte ein Kurierflugzeug die Post aus der Hauptverwaltung. Bis zum späten Mittag arbeitete er daran, gab seine Ratschläge und Weisungen. Nachmittags spazierte er mit seiner Frau am Strand bei jedem Wetter und genau fünfzig Minuten. Abends entspannte er sich bei Bach und Beethoven, er soll die russischen Dichter geliebt haben.

Die Stimme erwähnte die karitativen Leistungen und sein Engagement für die Kunst. Am 1. Advent gab er immer ein Hauskonzert.

Die Orgel spielte einen preußischen Choral, auch den hatte er sich ausgesucht. Obwohl in Thüringen geboren, lebte er preußisch. »Mehr sein als scheinen!« hing über seinem Schreibtisch. Für seinen Grabstein hatte er sich diesen Spruch ausgesucht: »Und wenn es köstlich gewesen ist, so ist es Mühe und Arbeit gewesen ...«

Wegen solcher Aphorismen liebte er die Heilige Schrift.

Eines Sonntags lud er seine Frau zum Spaziergang ein. Sie wanderten bis Grünwald. Vor dem Neubauprojekt seiner Firma, das im Rohbau fertig stand, endete der Spaziergang. Er kletterte durch die kahlen Stockwerke, zog Zollstock, Papier und Bleistift aus der Tasche und machte sich Notizen. Sie stand unten in den tiefen Spuren, die die Baufahrzeuge gezogen hatten, und fror. Er führte eine glückliche Ehe.

Das große Verdienstkreuz wurde ihm zum 60. Geburtstag verliehen.

Die von der Firma sagten, er habe seinen Tod selbst geplant. Vor fünfzehn Jahren schuf er ein Firmengesetz, wonach Vorstände und leitende Mitarbeiter spätestens am 65. Geburtstag auszuscheiden haben. Eine Altersgrenze wie ein Fallbeil, die einen traf es zu früh, die anderen zu spät. Nun hatte ihn das eigene Gesetz eingeholt. Er dachte zu preußisch, um sich eine Ausnahme zu gestatten. Gerade er hätte dem Unternehmen noch viele Jahre dienen können, aber er ging, weil sein eigenes Gesetz es so verlangte. Deshalb starb er früh.

In den letzten Tagen soll er sehr fröhlich gewesen sein. Jemand sah ihn mit dem Pförtner plaudern. Seinen langjährigen Fahrer lud er zu einem Bier ins »Hofbräuhaus« ein, der Sekretärin brachte er Blumen. Er sagte jedem, mit dem er zu tun hatte, daß er sich aufs Schneewandern am Schliersee freue. Am Freitagnachmittag wollte er damit beginnen.

Es gibt Menschen, die nur in den Sielen leben können. Spannt man sie früh aus, sterben sie früh. Funktionen hätte er genug gehabt. Er sollte vom Vorsitz des Vorstandes zum Vorsitz des Aufsichtsrates wechseln, aus dem Büro im obersten Stock in ein kleineres im Parterre. Sogar seine Sekretärin sollte er behalten, trotzdem brachte er ihr in der letzten Woche jeden Tag Blumen.

Das Große Haus an einem Sonntag. Draußen lag Schnee. In den Bäumen des Englischen Gartens krächzten die schwarzen Seelen. Von den Isarbrücken hingen Eiszapfen.

Sonntags ging er oft ins Große Haus, um dieses oder jenes zu ordnen und die Termine der kommenden Woche vorzubereiten. Es war sein Haus. Gern schlenderte er durch die leeren Gänge, achtete auf die Namensschilder an den Türen. Er kannte alle, die hier arbeiteten.

Im zweiten Stock hatte das Reinigungspersonal das Licht brennen lassen. Er schaltete es aus, legte der Sekretärin einen Zettel auf den Schreibtisch, sie möge die Hausverwaltung anweisen, solche Verschwendung zu unterbinden.

Er war gern allein. Die Fenster hielt er geschlossen, denn in der Stadt herrschte Winter. Keine Fliege brummte an den Scheiben, nur die Klimaanlage rauschte. Irgendwo läutete ein Telefon, dreimal … viermal. Falsch verbunden. Es könnte ein Anruf aus Tokio sein, im Fernen Osten hat schon der Montag begonnen.

Auf den Dächern lag Schnee. Gute Sicht an diesem Sonntag. Er erkannte die Berge am Schliersee und freute sich aufs Schneewandern.

Er ordnete seine Akten. Den Stapel zur Rechten wollte er mit nach Hause nehmen. Das übrige kommt in die Kartons. Morgen werden die Packer die Akten hinuntertragen in das kleinere Büro des Aufsichtsratsvorsitzenden.

Er saß vor dem Kalender des Jahres 1993, der bis einschließlich Februar verbraucht war, aber für die Monate danach zahlreiche weiße Flecken zeigte, er notierte Wichtiges. Er diktierte einen Vermerk für seinen Nachfolger über den Umgang mit der Beteiligung in Singapur und listete auf, warum sich das Unternehmen von dem Büro in Valparaiso trennen mußte. Die Weltuhr in seinem Rücken sagte ihm, daß in Valparaiso gerade der Sonntag begann, aber in Tokio war schon Montag.

Er trank klares Wasser. Im grünen Aquarium zu seiner Rechten standen die stummen Fische, leuchtend rot, gelb und schwarz. Durch die Stadt raste ein Polizeiwagen mit Blaulicht und Martinshorn, oder war es ein Krankenwagen?

An Sonntagen hielt er sich gern im Großen Haus auf. Wenn es so still war, wenn niemand über die Flure huschte, keine Stimmen in den Gängen wisperten, wenn die Aufzüge wie tot lagen und niemand im Foyer wartete.

An der Wand vor ihm die Bilder der Altvorderen, die das Unternehmen vor hundert Jahren gegründet hatten. Wenn du tot bist, werden sie dein Bild auch in die Ahnengalerie hängen, dachte er.

Eine Notiz der Sekretärin: Herr Fresenius vom Staatsministerium bittet um einen Gesprächstermin.

Er blätterte in seinem Terminkalender und fand, daß es nur noch am Freitag ginge, an seinem letzten Arbeitstag. Um vierzehn Uhr wollte er hinausfahren zum Schneewandern. Also würde er eine Stunde später fahren und Fresenius um vierzehn Uhr empfangen. Er schrieb der Sekretärin einen Zettel wegen des Termins mit Fresenius. Nun war Fresenius wie verabredet gekommen, drei Stunden früher, er saß im Gotteshaus in der Reihe der schwarzen Gestalten.

Um elf Uhr fünfzig rief seine Frau an. Er versprach ihr, pünktlich um halb eins zum Mittagessen zu kommen: Ich bringe noch ein paar Akten in das untere Büro.

In der Stadt läuteten die katholischen Glocken.

Zwei Ordner mit vertraulichen Papieren, die er nicht den Packern überlassen wollte, klemmte er unter den Arm und schloß hinter sich das Büro ab. Dein letzter Sonntag im Großen Haus, fiel ihm ein. Er mußte lachen. Wenn einer 65 wird, hat er nach der statistischen Wahrscheinlichkeit noch fünfhundert Sonntage zu leben.

Treppensteigen machte ihm nichts aus. Er hielt es für unangebracht, nur seiner Person wegen den Aufzug in Betrieb zu setzen.

Auf der Treppe dachte er ans Schneewandern und sah, wie sich der Teppich weiß verfärbte. Vor ihm ausgebreitet ein endlos weißes Tuch. Die Aktenordner fielen in den Schnee. Er bückte sich, um sie aufzuheben, doch sie fielen ihm fort, fielen, fielen.

Niemand war da. Nur die Krähen krächzten in den Baumkronen des Englischen Gartens. Deutlich hörte er ihr Geschrei. Und wieder läutete das Telefon, es hörte nicht auf, es nahm kein Ende. In der Niederlassung Tokio fing um diese Zeit die Arbeit an.

Nun färbte sich auch das Treppenhaus weiß. Deutlich spürte er die Kälte des Schnees. Die Akten begraben in dem weißen Pulver, einige Papierfetzen flogen davon wie aufgeschreckte Vögel. Er sah sie am Horizont verschwinden in jener Gegend, die er durchwandern wollte. Danach sah er nichts mehr, nur diese weiße Landschaft, die allmählich erstarrte.

»Großer Gott, wir loben dich«, sangen die schwarzen Herren.

Herzversagen, sagte die Stimme des Pfarrers.

»Es hat Gott gefallen, unseren Bruder ...«

Nein, es hat ihm nicht gefallen!

Eigentlich hätte in diesem Augenblick die Betriebsversammlung beginnen sollen, pünktlich um elf.

In den Roten Bergen

Henry Schümann? War das nicht der aus der Helgoländer Straße, der Archäologie studieren wollte, aber plötzlich wie vom Erdboden verschwand?

Er ist nach Kleinasien gereist, um Troja noch einmal
auszugraben, spotteten sie damals.

Wochen später kam einer aus Daressalam und sagte,
er hätte Henry Schümann dort auf dem Flughafen gesehen. Aber er sei sich nicht ganz sicher.

Begonnen hatte alles im Mai 1993, als sie an einer
Führung durch die alte Barockkirche teilnahmen. Da
stand er plötzlich vor seinem Namen. An der großen
Säule unter der Orgel fand er eine Messingtafel mit den
Namen gefallener Helden:

Henry Schümann, geboren 20. 8. 1865, Reiter der
Schutztruppe. Verschollen im Mai 1893 in den Roten
Bergen.

Er lachte. Nein, als Held fühlte er sich nicht, war auch
nicht verschollen, sondern lebte bei bester Gesundheit
in der Helgoländer Straße. Und doch war es sonderbar.
Vor genau hundert Jahren, auch im Mai, war dieser
Henry Schümann verschollen.

Ich bin auch siebenundzwanzig Jahre alt, sagte Henry
Schümann aus der Helgoländer Straße. Und mein Geburtstag ist auch der 20. August.

Hundert Jahre lagen zwischen dem Reiter der Schutztruppe und dem Studenten der Archäologie.

Anfangs lachte er über die vielen Zufälligkeiten.

Auf einem Pferd habe ich noch nie gesessen, sagte er.

Keiner wußte, wo die Roten Berge liegen. Und welchen Krieg hatte es da 1893 gegeben? Auffallend nur das
Wort Schutztruppe. Das deute in Richtung Afrika, sagte
einer.

Er forschte nach, ob es in seiner Familie einen Henry
Schümann gegeben habe, einen mißratenen Sohn, der
im vorigen Jahrhundert nach Afrika geritten war. Niemand wußte es, und die Familienpapiere waren 1943
beim großen Feuer in der Helgoländer Straße verbrannt.

Wer war Henry Schümann? Es ließ ihn nicht mehr
los. Seine Nachforschungen seien auch eine Art von
Archäologie, sagte er, ein Graben nach Menschen.

Wieder und wieder besuchte er die Barockkirche und
saß vor der Messingtafel mit den Namen der Helden. Im
Kirchenbüro fragte er, wer die Tafel angebracht habe
und ob es Unterlagen gäbe über diesen Henry Schümann, als dessen entfernten Verwandten er sich be-
zeichnete. Doch auch im Kirchenbüro begannen die
Aufzeichnungen erst nach dem großen Feuer von 1943.

Henry Schümann beschäftigte sich mit asiatischen
Religionen, die an die Wiedergeburt glauben. Er stu-
dierte die Geschichte der Schutztruppe. Er suchte
Afrika ab von der Nilmündung bis zum Kap der Guten
Hoffnung, aber die Roten Berge blieben unauffindbar.

In alten Zeitungen des Jahres 1893 las er, daß es in
Deutsch-Südwest einen Aufstand gegen die Schutztruppe gegeben hatte. Schon damals gaben sich die Er-
oberer als Retter, Befreier und Beschützer der Eroberten
aus. Also Deutsch-Südwest. Das fand er auf sehr alten

Karten, aber nicht die Roten Berge. In der Walfisch-
bucht wird Henry Schümann an Land gegangen sein,
durch Windhoek ist er geritten für den Kaiser. Wir leben
nur einmal, heißt es, aber Henry Schümann lebte zweimal, bis 1893 in den Roten Bergen und hundert Jahre
später in der Helgoländer Straße.

Im Herbst gab er sein Studium auf und verschwand
über Nacht. Er ist als Entwicklungshelfer nach Afrika
gegangen, erklärte seine Mutter.

Zum Weihnachtsfest erhielt sie eine Karte aus Nami-
bia. Er habe die Roten Berge gefunden, schrieb Henry
Schümann. In einem abgelegenen Bergdorf, in einer
Schar schwarzer Kinder, sei ihm ein blonder Junge begegnet, wohl ein Nachkomme des Reiters der Schutztruppe.

Das war die letzte Nachricht von Henry Schümann.
Auch er ist verschollen in den Roten Bergen. In der alten
Kirche hängt das Schild mit seinem Namen.

Auf den Flügeln eines Engels

Vor dem Portal der großen Kirche, die die einkommenden Schiffe begrüßte, vor dem Wahrzeichen der Seefahrer, das die Sehnsüchte über die Meere begleitete, stand ein Engel aus hellgrünem Eisen. Seit Menschengedenken. Weder Feuersbrünste noch Bombennächte hatten ihm etwas anzuhaben vermocht. Die Flügel hielt er ausgebreitet, den Schild in der linken Faust, die Rechte erhoben, unter ihm wälzte sich, vom Speer des Engels getroffen, das Böse. Diesem Engel, unter dessen Fittichen Tauben nisteten, dessen Haupt beschmiert war vom weißen Kot der Möwen, dessen Heiligenschein der salzige Seewind rostbraun gefärbt hatte, geschah es an einem Nachmittag, daß ein menschlicher Körper aus dem Fenster unterhalb der Aussichtsplattform stürzte, an die vierzig Meter fiel und auf den linken Flügel schmetterte. Die Tauben flogen erschreckt davon. Unten brauste der Verkehr, vom Wasser drang der Lärm des Hafens herauf, der Wind wehte seewärts.

Es war ein Mann. Der Engel hatte seinen Sturz auf halber Höhe aufgefangen. Ein Bein hing über dem Abgrund, der Kopf lag auf grünem Metall, hin und wieder hob er die Hand. Niemand hörte sein Stöhnen, denn der Verkehr brauste stark, auch gaben vom Strom her die Schiffe Laut, und der Novemberwind gurgelte in den Nischen des hohen Turms.

Der Engel beachtete den Mann nicht, der auf seinen

Flügel gefallen war. Er blickte nur zu dem Drachen, den sein Speer erlegt hatte, er war mit dem Bösen beschäftigt und mit dem errungenen Sieg.

Nach einer halben Stunde erwachte der Mann aus der Ohnmacht. Er fühlte Blut, das ihm aus Nase und Mund rann, an seinen Händen klebte und beständig auf den getöteten Drachen tropfte. Wo der Speer den Leib des Ungeheuers getroffen hatte, entdeckte er eine rote Lache.

Du sollst also leben, dachte der Mann und versuchte, sich aufzurichten. Die Glieder fühlte er wie gebrochen, sein Kopf schmerzte, in seinem Leib brannten glühende Kohlen.

Ein Engel hat dich aufgefangen, dachte der Mann. Das hat seine Bedeutung.

Auf dem Bürgersteig hörte er Schritte, auch spielten dort Kinder. Er rief, aber seine Stimme drang nicht zu denen da unten, auch übertönte der Verkehrslärm sein Rufen, und der Wind sang in den Turmaufbauten.

Wenn du es so willst, werde ich leben, sagte der Mann zu dem Engel. Aber du mußt mich runterbringen.

Der Engel schwieg, und der Mann dachte an einen sehr warmen, trockenen Raum, im Hintergrund hörte er gedämpfte Musik.

»Ich will ja leben!« rief er.

Der Engel rührte sich nicht. Aus dem Metall strömte eine furchtbare Kälte.

Nachdem er eine Weile mit dem Engel gesprochen hatte, fiel der Mann wieder in Ohnmacht und wachte erst auf, als die Dämmerung über den Strom gezogen kam. Sie ruhte aus in den Häuserschluchten, bevor sie an den Fassaden emporstieg und beide umhüllte, den Mann und den Engel. Er hörte Musik aus dem Innern der Kirche, jemand übte auf der Orgel.

Du bist nicht oft in Kirchen gewesen, dachte der Mann. Während deiner Fahrenszeit hast du nur den einen mächtigen Dom gekannt, der sich von Horizont zu Horizont spannte. Das war Gott genug.

Später, als es ihm schlechter ging, suchte er die Kirchen im Winter auf wegen der Wärme. Wenn er einschlief, schickten sie ihn auf die Straße. Ein Gotteshaus ist kein Obdachlosenasyl, hörte er sie sagen, und einmal fragte er zurück, ob das auch Gottes Meinung sei.

Die Stadt leuchtete. Aus der Höhe sah er sie groß und bunt vor sich liegen. Von den Schiffen grüßten die Positionslaternen, hellerleuchtete Barkassen überquerten den Strom, eine Stadtbahn raste in einen Tunnel.

So hatte er die Stadt noch nie erlebt. Es war seine Stadt, in der er geboren, zu der er stets zurückgekehrt war von seinen Reisen über die Meere. Er kannte ihre Brücken und Türme, auch die grünen Parks mit den vielen weichen Plätzen unter schattigen Bäumen. Nur im November war sie schaurig naß und kühl und windig.

Er blickte in die Fenster, sah eine Frau, die in einer Küche das Abendessen zubereitete, entdeckte einen zeitunglesenden Mann und Kinder, die ihre Puppen zu Bett brachten. Für einen kurzen Augenblick bekam er Sehnsucht nach lichterfüllten Stuben, wärmenden Öfen und dampfenden Suppenschüsseln. Auch spürte er Hunger.

Wo mochte Helga sein? Die wußte doch Suppe zu kochen wie keine andere, jedenfalls vor zehn Jahren. Als er zurückkehrte aus Valparaiso, war sie verschwunden, in ihrer Wohnung lebten Fremde aus Sri Lanka. Damals fing es an, daß er kein Bett mehr finden konnte. Er hätte gleich auf Fahrt gehen sollen zurück nach Valparaiso, doch er bummelte ein paar Monate durch die Stadt und suchte Helga. Damals war wenigstens Sommer, die Parks sahen grün aus, waren weich und voller Blüten, und es ließ sich in ihnen gut schlafen. Nun herrschte dort unten der nasse, kalte November.

»Engel«, sagte er, »du hast mich gerettet, warum hilfst du mir nicht weiter?«

Die Orgelmusik verstummte. Am Kirchenportal ging das Licht aus, er hörte die Tür krachend ins Schloß fallen. Eine Gruppe junger Mädchen zog vorbei. Warum sie wohl lachten? Ja, in Valparaiso gab es auch Mädchen, sie waren jung und warm und lachten den ganzen Abend. Aber dieser Engel war kalt und stumm.

Es gelang ihm nicht, den Kopf zu wenden, aber er wußte auch so, woher die ferne Musik kam. Von den Karussells und Achterbahnen, die nun, da es gänzlich dunkel wurde, immer lauter auf dem Festplatz lärmten. Deutlich vernahm er die Stimmen der Ausrufer, sah ein buntes Riesenrad durch die Nacht kullern und erschrak, wenn die Wagen der Loopingbahn krachend in die Tiefe stürzten. Er bildete sich ein, Bratwurst und heißen Glühwein zu riechen. Ihm fielen Kindertage ein, als die Welt noch so bunt ausgesehen hatte wie das Lichtermeer des Volksfestes und er einen Riesenluftballon auf und davon fliegen ließ aus Angst, der Ballon könnte ihn emporheben zu den Wolken und mitnehmen über die Ozeane. Damals begann sein Fernweh. Es ließ ihn mit Containerschiffen und Stückgutfrachtern übers Meer fahren; in Valparaiso gab es auch bunte Feste und lachende Mädchen.

»Warum hast du mich aufgefangen, wenn du weiter nichts tun kannst?« fragte der Mann.

Der Engel schwieg.

Möwen kamen und setzten sich neben ihn. Eine hackte in seine blutverschmierte Hand, doch es schmerzte

172

überhaupt nicht. Auf dem Festplatz sang Hans Albers »La Paloma«.

Der ist auch schon lange tot, dachte der Mann.

Der Wind trieb Regenwolken den Strom herauf. Die ersten Tropfen, die er auf der Stirn verspürte, taten ihm wohl, auch hoffte er, seinen Durst zu stillen, wenn es nur etwas heftiger regnete und er den Mund öffnete. Der Engel über ihm begann zu leuchten, in seiner nassen Rüstung spiegelten sich die bunten Lichter des Volksfestes. Er sah gut aus, der Engel, und als er ihn genau betrachtete, fiel ihm auf, daß ihm das Wasser aus seinen Augen tropfte.

»Du brauchst nicht traurig zu sein«, sprach der Mann. »Um mich solltest du keine Träne vergießen, ich komme schon zurecht. Wenn ich Helga gefunden habe, wird alles besser.«

Ein Unfallwagen raste mit zuckenden Lichtern und lauten Signalen durch den Abend. Als der Lärm verstummt war, hörte der Mann gar nichts mehr. Die Kühle wurde übermächtig. Von den Beinen zog sie herauf und löschte alles, was in seinem Körper brannte. Der Mann schloß die Augen. Bevor er das Bewußtsein verlor, dachte er an Valparaiso, an Helga und einen blühenden Park im Sommer. Der Regen fiel stärker. Er trommelte auf das Metall, kleine Wasserfälle plätscherten auf den Gehweg. Noch eine kurze Zeit, dann kam die Nacht, löschte alle Lichter und brachte die Stille in die Stadt.

Am nächsten Morgen besuchte eine Schulklasse das Wahrzeichen der Seefahrer. Die Kinder rannten die Stufen zur Aussichtsplattform hinauf; als sie oben an der Brüstung standen und auf die Stadt blickten, entdeckten sie den Toten. Die Feuerwehr rückte mit drei Zügen an, sie brauchte mehrere Stunden, um den Mann zu bergen. Auch fanden sich Fotografen, die das sonderbare Bild festhielten: Ein Selbstmörder auf den Flügeln eines Engels. Die Zeitungen schrieben von einem vierzigjährigen Mann, der sich vom Turm der Michaeliskirche gestürzt habe. Name und Herkunft seien unbekannt. Der Erzengel habe keinen Schaden genommen.

Nachtfahrt

Vierzig Kilometer vor Älvdalen leuchtete die rote Lampe auf, das Kühlsystem verlor Wasser. Das geschah kurz vor Mitternacht in einer Gegend, in der Sterne, wenn sie nicht von Wolken verhangen sind, das einzige Licht hergeben. Schwarze Wälder erdrückten die Straße. Sie sah naß aus und leer, ihr weißer Mittelstreifen verlor sich im Scheinwerferlicht hinter einer Bergkuppe.

Wenn du nicht anhältst, wird der Schaden größer, dachte Kaske. Statt eines Reservekanisters mit Benzin hättest du Wasser mitnehmen sollen.

Irgendwo mußte ein Fluß sein. Stundenlang hatte er seine Ufer begleitet, sein schäumendes weißes Wasser gesehen, ihn auch gehört bei den Stromschnellen. Nun war er in den Wäldern untergegangen.

Die Landkarte sagte ihm, daß er bald ein Dorf erreichen mußte. Dort wird es Häuser geben, in denen Licht brennt und die Brunnen voller Wasser sind.

Was heißt Wasser auf schwedisch?

Du kennst nicht mal ihre Sprache, dachte er. Wenn du bei den Leuten vor der Tür stehst, werden sie die Schrotflinte holen oder den Hund von der Kette lassen.

In Älvdalen warteten ein reserviertes Hotelzimmer auf ihn, eine Reparaturwerkstatt für den Wagen und Wasser in Hülle und Fülle.

Seit einer Stunde quälte ihn die Müdigkeit. Am Morgen hatte er in Göteborg die Fähre verlassen. Einen Tag lang war er durch Wälder, an Seen und Flüssen vorbei in den Norden gefahren, immer allein, begleitet nur von Radiomusik, die er lauter stellte, um nicht einzuschlafen.

Aber nun war er wach, weil die Lampe grell leuchtete und ihn aufforderte, endlich stehenzubleiben und für Wasser zu sorgen.

Er rollte auf ein Ortsschild zu, sah aber keine Häuser. Die Dörfer im Norden sind von der Art, daß sie sich im weiten Land verlieren. Du findest nur vereinzelte Gehöfte an Berghängen, eine Kate am Flußufer, weit entfernte hölzerne Kirchtürme. Die Scheinwerfer trafen eine weiße Mauer, die sich mannshoch an der Straße entlangzog. Hinter der Mauer meinte er, ein graues Gebäude gesehen zu haben, einen Turm oder eine Kapelle, in deren bunten Fenstern sich das Licht spiegelte.

Er hielt neben der Mauer. Als er ausstieg, spürte er zum ersten Mal den kalten Wind, der über den Steinwall wehte und an seinen Haaren riß. Kaske klappte die Kühlerhaube hoch. Heißer Dampf schlug ihm ins Gesicht, plötzlich schmerzten seine Hände.

Höchste Zeit, sagte er zu sich und suchte im Licht einer Taschenlampe den Stutzen, in den das Wasser, wenn er es denn hätte, eingefüllt werden mußte.

Als er sich umblickte, entdeckte er in der Mauer ein Tor, das ihm vorher nicht aufgefallen war. Eine hohe Eisentür, beide Flügel einladend geöffnet, schlug, vom Wind bewegt, polternd ins Schloß. Er erschrak, beruhigte sich aber sofort, denn es war nur der Wind.

Kaske leuchtete mit der Taschenlampe über die Mauer. Friedhöfe sind gut für einen, der Wasser braucht, dachte er. Da gibt es Brunnen und Pumpen für die alten Leute, die die Gräber pflegen und Blumen begießen. Also, an Wasser wird es nicht mangeln, nur besaß er kein

Gefäß, um es zu schöpfen. Auch das wird sich finden, beruhigte er sich. Auf Friedhöfen stehen überall Gießkannen, Blecheimer und Vasen herum.

Bevor Kaske ging, um Wasser zu holen, kurbelte er die Fensterscheibe runter und stellte das Radio laut. Sie spielten Gershwin. Die Musik prallte gegen die weiße Mauer, wurde als Echo zurückgeworfen und verflüchtigte sich in der Dunkelheit auf der anderen Straßenseite.

Eine Frauenstimme hörte er die Zeit ansagen: Es war null Uhr zweiundfünfzig.

Ein Flügel der Eisentür hatte sich wieder geöffnet. Auch das kommt vom Wind, dachte Kaske, als er hindurchschritt. Er geriet in eine Wagenspur. Nicht daß ein Auto hier gefahren wäre, um Wasser für sein Kühlsystem zu holen, nein, es war die Spur eines Pferdewagens, der so schwer beladen gewesen sein mußte, daß seine eisenbeschlagenen Räder tief ins Erdreich gedrückt hatten. Auch sah er die Abdrücke von Pferdehufen. Hier fährt man die Leichen wie in alten Tagen noch mit Pferd und Wagen auf den Gottesacker, ging es ihm durch den Kopf. Er trat in Regenwasser.

Das Licht der Taschenlampe folgte der Wagenspur. Es stieß sich an Granitblöcken mit schwarzen Inschriften, Jens Peddersen und Ole Hansen ruhten dort in Ewigkeit. Der Lichtkegel verfing sich an Kreuzen, verweilte auf einem frisch aufgeworfenen Erdhügel. In einem gelben Sandhaufen steckte ein Spaten, so als hätte jemand eine Pause eingelegt und käme gleich wieder, um weiterzugraben.

George Gershwin verstummte so plötzlich, als wäre ein Kabel durchschnitten worden. Kaske hörte das Jaulen des Windes in den Telefondrähten und wunderte sich nur kurz darüber, daß es in dieser einsamen Gegend überhaupt Telefonleitungen gab. Heftig raschelte auch das alte Laub.

Die Wagenspur führte zu einem Gebäude aus grauem Stein. Davor fand er eine Bank, eine Gelegenheit zum Ausruhen nach langem Herumstehen. Hier wird wohl auch der Totengräber gesessen und eine Zigarette geraucht haben, nachdem er seinen Spaten in den gelben Sandhaufen gerammt hatte.

Es hätte ihn nicht überrascht, die Tür zur Kapelle verschlossen zu finden, aber sie war einen Spalt geöffnet. Kaske berührte den eisernen Drücker, schob die schwere Tür vor sich her, bis er Widerstand spürte. Auf der Schwelle stehend, ließ er das Licht der Taschenlampe an den Wänden entlangklettern. Es traf ein buntes Mosaikfenster und den Mann am Kreuz, der an der rechten Seite blutete. Vor dem Altar kniete eine Gestalt. Als der Lichtschein ihren Rücken traf, wandte sie sich langsam um, und Kaske entdeckte ein altes, graues Gesicht, die Augen geschlossen, die Haare weiß wie die Friedhofsmauer.

Rasch schaltete er die Lampe aus und klammerte sich ans Holz der Tür. Er wartete auf eine Stimme, auf ein Geräusch aus dem düsteren Raum. Ein Chor wird singen, eine Orgel einsetzen. Als er nach dem Türdrücker greifen wollte, fand er ihn nicht. Mit ohrenbetäubendem Lärm, als wären die Glocken vom Turm gestürzt, fiel die Tür hinter ihm ins Schloß. Er schaltete die Taschenlampe wieder ein und fand den Platz vor dem Altar leer. Die Gestalt war verschwunden, der Gekreuzigte blutete. Kaske riß an der Tür. Nur mit Mühe ließ sie sich öffnen. Ein Windstoß schlug ihm entgegen. Erleichtert sprang er ins Freie und dachte nur noch an Wasser. Hinter ihm knarrte die Tür, leise Stimmen begannen zu singen. Auch kam es ihm vor, als wieherten in der Ferne Pferde. Eisenbeschlagene Räder hörte er in feuchtem Grund mahlen, Peitschen knallten, ein Fuhrmann fluchte.

Gleich hinter der Kapelle fand er einen Brunnen mit eiserner Pumpe. Was ihm fehlte, war ein Gefäß. Er leuchtete die Gräber ab, entdeckte eine Vase mit vertrockneten Astern, die einem Per Jansen gehörte, geboren 1887, gestorben 1962.

Vorsichtig legte er die trockenen Blumen auf den Grabhügel und versprach, das Gefäß in Kürze zurückzubringen. Kaske griff das kalte Eisen mit beiden Händen und pumpte. Das Metall kreischte. Warum wollte kein Wasser kommen? Er hörte deutlich, wie es unter ihm plätscherte, wie Tropfen aus großer Höhe auf eine Wasseroberfläche schlugen. Während er pumpte, umgab ihn eine sonderbare Helligkeit. Ein Lichtschein fiel aus dem Mosaikfenster der Kapelle aufs Gräberfeld und hüllte ihn in bunte Farben. Es gab keinen Zweifel, vor dem Altar flackerten Kerzen.

Kaske pumpte heftiger. Das Licht wurde stärker und überzog den ganzen Friedhof. Die Steine warfen lange Schatten. Wenn es ein Feuer ist, brauche ich Wasser, dachte er. Die Pumpe kreischte und gurgelte. Endlich plätscherte es aus dem Rohr auf die Steine und spritzte ihn naß. Wie kalt es war! Er spülte die Vase aus, füllte sie bis zum Rand, versprach jenem Per Jansen, dem die Vase gehörte, sie unverzüglich zurückzubringen, eilte an der Kapelle vorbei, die aus allen Fenstern leuchtete. Auch aus der Tür fiel ein Streifen weißen Lichts auf seinen Weg, vor dem Altar huschten Gestalten hin und her, nun sangen sie wieder.

Er hatte noch nicht den Ausgang erreicht, als seine

Taschenlampe ausging. Das kommt von deinem hastigen Laufen, dachte Kaske. Die Batterien sind durcheinandergeraten.

Er kam an einem umgestürzten Grabstein vorbei, der da vorhin nicht gelegen hatte. Er stolperte über die Wagenspur und verschüttete Wasser. Seine größte Angst war, das Eisentor könnte zuschlagen, bevor er die Straße erreicht hatte. Ein Chor hoher Frauenstimmen sang in der Kapelle, oder war es der Wind?

Hinter ihm schlug die Pumpe an. Mit jedem Hub kreischte das Eisen und wollte nicht aufhören. Großer Gott, da pumpte jemand den Brunnen leer. Es wird ein Feuer sein, dachte Kaske. Die Kapelle brennt, und sie brauchen Wasser.

Das Autoradio spielte wieder Gershwin.

Eine Frauenstimme sagte: »Auf Langwelle hatten wir einen kurzen Tonausfall.«

Die Radiomusik kam wie eine Meeresdünung zu ihm, erfüllte seinen Körper und versetzte ihn in Schwingungen. Sie kam von sehr fern, sie schwoll an und ebbte ab, und als sie wie eine Brandungswelle auf ihn einstürzte, schlug er die Augen auf.

»Es muß einen technischen Defekt gegeben haben«, sagte die Ärztin im Krankenhaus Älvdalen. »Jedenfalls ist die Kühlerhaube abgestürzt, das herabfallende Blech hat Ihren Kopf verletzt und die Ohnmacht ausgelöst. Daher auch der Blutverlust.«

Sie drehte an den Knöpfen des Radios und suchte Musik von George Gershwin.

»Alles, was Sie sonst noch erlebt haben, muß in einer anderen Welt gewesen sein«, sagte sie. »Wo wir Sie fanden, gibt es keinen Friedhof, keine Kapelle und keine Gräber, nur eine kleine weiße Mauer neben der Straße.«

Der Irrläufer

Wie gewöhnlich kam er um halb sieben aus dem Büro, schloß die Haustür auf, öffnete den Briefkasten, faßte mit einem Griff einen Packen Papiere, darunter Reklamezettel, amtliche Briefe, und dann war da noch ein Umschlag mit schwarzem Rand. Flüchtig blickte er auf die Anschrift: Harald Dreesen, Kranichweg 7a. Ja, die Adresse stimmte, aber es fehlte ein Absender.

Im Wohnzimmer schob er den schwarzen Brief an den äußersten Rand des Tisches, öffnete zunächst ein paar belanglose Drucksachen, warf einen Blick auf die Rechnung des Heizungsmonteurs, studierte das Bestätigungsschreiben seines Reisebüros für den Sommerurlaub in den kanadischen Rockies, warf das Angebot eines Lotterieeinnehmers, in kürzester Frist Millionär zu werden, unbeachtet in den Papierkorb. In Gedanken ging er Namenlisten durch, fand aber keine Person, von der er eine Traueranzeige erwartete; keiner seiner Freunde oder Bekannten war schwer erkrankt. Einen kurzen Augenblick dachte er an Antje, seine geschiedene Frau, verwarf diese Möglichkeit aber sofort. Völlig ausgeschlossen, daß Antje ihn auf die Liste der Personen gesetzt hatte, die von ihrem Ableben zu benachrichtigen seien. Außerdem: Warum sollte Antje gestorben sein? Sie war jünger als er und angeblich schon wieder glücklich verheiratet.

Harald Dreesen zögerte, den schwarzumrandeten Brief

zu öffnen. Mit einer Lupe studierte er den Poststempel, konnte aber nur entziffern, daß der Trauerbrief an einem Ort abgestempelt war, der mit den Buchstaben HA... begann. Also ein weites Feld. Jedenfalls kannte er keinen, der in Hannover, Hamburg, Hanau, Hagen oder Hamm gestorben sein könnte.

Er schaltete die Fernsehnachrichten ein. Als der Sprecher von einer Massenkarambolage auf der südlichen Autobahn mit mehreren Toten sprach, blickte er kurz zu dem ungeöffneten Brief. Tod durch Verkehrsunfall, das war es wohl, was sich hinter dieser Traueranzeige verbarg.

Nachdem das Wetter im Fernsehen das letzte Wort gesprochen hatte, öffnete er endlich mit einem kräftigen Ruck den Brief. Unter einem schwarzen Kreuz las er die Mitteilung, daß Gott der Herr in seiner Güte einen gewissen Günter Wesemann aus einem großen Leben zu sich in den ewigen Frieden gerufen habe.

Günter Wesemann? Nie gehört. Unbekannt auch die Namen der trauernden Hinterbliebenen. Eine Petra Wesemann mit den Kindern Ines und Rebecca wurde genannt und ein Marc Wesemann. Das Schriftstück endete mit dem 16. Psalm, Vers 11 und dem Hinweis, daß die Trauerfeier am kommenden Samstag um 10 Uhr 30 in der Hedwigskirche stattfinden werde.

Wer war Günter Wesemann? Da hatten ihm Menschen, die er nicht kannte, eine Traueranzeige zugeschickt. Wie unverlangt zugesandte Werbung. Oder war es ein Irrläufer? Die Anschrift stimmte jedenfalls, er war Harald Dreesen und wohnte im Kranichweg 7a.

Er warf den schwarzumrandeten Brief in den Papierkorb wie einen Reklamezettel. Nach einer Weile kamen ihm Bedenken, und er legte den Brief neben das Telefon.

Da war ein Mensch gestorben, und irgend jemand forderte ihn auf, daran Anteil zu nehmen. So etwas kannst du nicht im Papierkorb enden lassen.

Wie war er auf die Trauerliste des Günter Wesemann geraten? Hatte der ihm vor Jahren ein Auto abgekauft? Wie hieß der Anwalt, der ihn im Scheidungsprozeß vertreten hatte? Ach, der trug den ganz gewöhnlichen Namen Schmidt. Und der Immobilienmakler, der ihm vor Jahren das Haus am Stadtrand beschafft hatte, hieß Gröning.

Im Grunde ging ihn dieser Günter Wesemann nichts an, aber er beschäftigte sich immer wieder mit ihm. Er heftete den Brief sogar an den Wandkalender, wo er ihn jeden Morgen, bevor er ins Büro fuhr, vor Augen hatte. Im örtlichen Telefonbuch fand er über ein Dutzend Personen mit Namen Wesemann, darunter auch mehrere mit Vornamen Günter. Unmöglich, sie der Reihe nach anzurufen und zu fragen, ob es einen Trauerfall in der Familie gegeben habe.

Je mehr er sich mit dem Brief beschäftigte, desto größer wurde seine Gewißheit, daß diese Mitteilung keineswegs ein Zufall sein konnte. Er begann zu glauben, daß sich dahinter eine geheime Botschaft verberge, ein Fingerzeig, wie auch immer.

In der Firma sah er die Listen der Kunden und Lieferanten durch, konnte aber keinen Günter Wesemann entdecken. Da die Anzeige nicht die sonst üblichen Geburts- und Sterbedaten enthielt, wußte er nicht, ob der Verstorbene alt oder jung gewesen war. Der Vorname Günter deutete allerdings auf einen Geburtstag irgendwann zwischen 1930 und 1950. Vielleicht ein Schulfreund. Er las den 16. Psalm und dachte an Günter Wesemann. Es gab nun keinen Zweifel mehr an einer geheimnisvollen Verbindung zu diesem Menschen. Günter Wesemann hatte ihn gekannt und dafür gesorgt, daß er von seinem Tod benachrichtigt wurde.

Am Samstagmorgen zog er den schwarzen Anzug an. Nicht, daß er der Trauerfeier beiwohnen wollte, es interessierte ihn nur, was das für Leute waren. Auch hatte er vor, den Beerdigungsunternehmer nach Günter Wesemann zu fragen, der müßte es schließlich wissen. Als er um zehn Uhr vor der Hedwigskirche eintraf, standen schon einige Trauergäste am Portal, Harald Dreesen wagte nicht mehr auszusteigen. Er beschloß, bis zum Beginn des Gottesdienstes im Auto zu warten, als letzter die Kirche zu betreten, an der Tür stehenzubleiben, um rasch wieder gehen zu können. Im Auto sitzend, tat er, als lese er Zeitung. In Wahrheit beobachtete er die Auffahrt der dunkelgekleideten Trauergäste. Er sah, wie sie sich vor dem Rundbogen des Portals die Hände schüttelten, ein paar Worte wechselten, um rasch im Innern des Gotteshauses zu verschwinden. Einige blieben draußen, um noch eine Zigarette zu rauchen. Harald Dreesen kannte keinen.

Eine Glocke begann zu schlagen, etwas schrill und blechern. Der Beerdigungsunternehmer trat vor die Tür, wie um nach dem Wetter zu schauen. Als er ihn im Auto entdeckte, kam er über den Parkplatz.

»Wollen Sie auch zur Trauerfeier Wesemann?«

»Ja«, antwortete Harald Dreesen.

Der feierliche Mann bat ihn, sich in die Kondolenzliste einzutragen. Bevor er schrieb, überflog Dreesen die Namen derer, die vor ihm gekommen waren. Er kannte keinen.

Schon im Gewölbe des Vorraums vernahm er die dumpfen Töne der Orgel. Vorn, den Altar halb verdeckend, stand ein Sarg, blumenüberschüttet. Daneben brannten Kerzen. Er blieb stehen, sah über die Köpfe derer, die um Günter Wesemann trauerten. In der ersten Reihe entdeckte er eine verschleierte Frau, neben ihr saßen zwei halbwüchsige Mädchen.

»Nehmen Sie bitte Platz«, flüsterte der Mann, der ihn in die Kirche geführt hatte.

Dreesen gehorchte. Er zwängte sich in die letzte Bankreihe, versteckte sich hinter einem weißgekalkten Pfeiler und wartete auf die Stimme des Pfarrers. Sie sprach über ein Leben voller Tatkraft und Energie, das leider zu früh hatte enden müssen. Er hatte sich im öffentlichen Leben engagiert, dieser Günter Wesemann, war im Vorstand karitativer Organisationen gewesen und im Rat der Stadt. Erwähnt wurde seine Frau, mit der er 26 Jahre verheiratet gewesen war. Die Töchter Ines und Rebecca hatten ihm viel bedeutet. Sein Beruf kam zur Sprache, die Rede war von großer Verantwortung für die ihm anvertrauten Menschen. Also wird er Arzt oder Heimleiter oder Gefängnisdirektor gewesen sein, dachte Dreesen. Geboren und aufgewachsen in Gelnhausen im Hessischen ... Studium in Marburg und Göttingen ...

Wer war Günter Wesemann? Immerhin ein Akademiker. Vielleicht kannten sie sich aus der gemeinsamen Studienzeit. Nein, das war ausgeschlossen, Harald Dreesen hatte niemals in Göttingen oder Marburg studiert.

Die Trauergemeinde sang Lieder, der Pfarrer sprach über den 16. Psalm, den der Verstorbene für sich ausgewählt hatte.

Als die Tür aufsprang und die Träger kamen, um den Sarg zu holen, wollte Dreesen als erster die Kirche verlassen, aber der Mann mit dem schwarzen Zylinder auf dem Kopf stand ihm im Wege. Also blieb er in der letzten Bankreihe hinter dem Pfeiler, sah den Toten auf sich zukommen, dahinter den Pfarrer, die verschleierte Frau, neben ihr die Mädchen. Täuschte er sich, oder blickte die Frau im Vorübergehen flüchtig zu ihm auf?

Im Vorraum versammelten sie sich. Die Frau blieb am Eingang stehen. Jeder, der die Kirche verließ, reichte ihr die Hand, verneigte sich kurz, sprach einige Worte.

Als letzter hatte Harald Dreesen das Gotteshaus betreten, als letzter mußte er es verlassen. Noch immer wartete die Frau am Eingang.

»Dreesen«, sagte er leise.

Sie lüftete kurz ihren Schleier. Dann hörte er eine Stimme, die ihm vertraut vorkam, die ihn dreißig Jahre zurückführte.

»So trifft man sich wieder«, sagte die Stimme.

Sofort fiel ihm der Name ein.

»Du bist Petra, zuletzt waren wir im Englischen Garten zusammen, das muß dreißig Jahre her sein.«

Im Turm über ihnen begannen die Glocken zu läuten, draußen wartete der Trauerzug auf Petra Wesemann.

»Nun bin ich auch allein, wie du«, sagte sie.

Sie ordnete ihren Schleier und reichte ihm die Hand. Durch die Schallfenster des Turmes zog es über die Dächer, ein dumpfer Klang erfüllte das Gewölbe, die Mauern bebten, und Harald Dreesen kam es vor, als zittere auch der schwarze Schleier.

Madonna im Bahnhof

Der Zug kam nicht pünktlich. Behrmann setzte sich auf die Bank, entfaltete die Zeitung, las von fernen Unglücksfällen und hörte hinter sich eine Frauenstimme sagen: »Armer Junge, warum bist du schon am frühen Morgen betrunken?«

Über den Rand der Zeitung sah Behrmann einen Mann oder einen Jungen, oder doch einen Mann? Sein Kopf hing über der Brüstung des Treppengeländers, aus dem Mund tropfte Speichel.

»Um diese Zeit ging man früher in die Schule«, schimpfte die Frau.

Behrmann sah, daß es eine alte Frau war. Sie wandte sich ab, versteckte sich hinter einer Litfaßsäule, um das Elend nicht mit ansehen zu müssen.

Das geschah um 7 Uhr 48. Der Zug hatte Verspätung.

Wenn er jetzt einfährt, läßt der Junge sich auf die Schienen fallen, dachte Behrmann.

Er hörte ihn stöhnen. Der Körper rutschte an den Eisentrallen abwärts, legte sich quer auf die Treppe.

Wieder ist der Pinatubo ausgebrochen, schrieb die Zeitung.

Eine Lautsprecherstimme verkündete, daß der Intercity in wenigen Minuten eintreffen werde.

Behrmann faltete die Zeitung zusammen, wanderte zum Ende des Bahnsteigs und dachte an den mächtigen Vulkan.

187

Er ist höchstens siebzehn. Er hat auch Vater und Mutter, die in irgendeiner warmen Stube sitzen und auf die Heimkehr ihres Sohnes warten.

In den Alpen ist der erste Schnee gefallen, schrieb die Zeitung.

Inzwischen werden sie ihn aufgesammelt haben, die Helfer von der Bahnhofsmission oder die Leute, die die Treppe zu kehren haben. Als Behrmann zurückkehrte, sah er den Jungen immer noch vor dem Treppengeländer liegen. Er klammerte sich mit beiden Händen an das Eisen, ein Mädchen, blaß, große Augen, schwarzes Haar, stand neben ihm. Behrmann sah, wie das Mädchen nach seinen Händen griff und ihn aufzurichten versuchte.

Ein Güterzug rasselte durch den Bahnhof und ließ jedes Gespräch verstummen. Die Lautsprecherstimme bat um Vorsicht bei der Einfahrt des Zuges.

Nun lachte das Mädchen. Es ging in die Hocke, kam mit den schwarzen Haaren nahe an das Gesicht des Jungen und versuchte seinen Kopf zu heben.

Madonna mit dem Kind, dachte Behrmann. Sieht sie nicht aus wie eine kleine schwarze Madonna, in deren Schoß das ganze Elend liegt?

Nun spuckte er wieder. Es kleckerte auf ihre roten Schuhe, sie nahm ein Taschentuch und wischte seinen Mund ab.

»Hau ab und laß mich in Ruhe!« rief der Junge.

Sie verbarg das Gesicht in beiden Händen.

»Ich liebe dich«, sagte sie so laut, daß alle, die auf dem Bahnsteig herumstanden, es hörten.

Der Seiber kleckerte auf die schmutzige Treppe.

Wie kann man ein solches Wrack lieben, dachte Behrmann und wünschte sich, der Zug sollte endlich kommen und diesem unwürdigen Schauspiel ein Ende setzen.

Das Mädchen erhob sich, wischte den Staub von den Knien, ordnete das Haar, knöpfte den Mantel zu, stand ein paar Atemzüge wie betend neben dem hilflosen Menschen, bis die Blicke sich in dem schmutzigen Glasdach verirrten, von dort auf den Bahnsteig fielen, wo die alte Frau angewidert wegschaute und Behrmann wieder die Zeitung entfaltete.

In Italien drohte eine Regierungskrise.

Über den Rand des Papiers beobachtete er die junge Frau, wie sie sich einen Ruck gab und von dem am Boden Liegenden abwandte. Sie kam auf ihn zu, er hörte ihre Schritte auf dem harten Beton. Dieses schmale, blasse Gesicht. Ohne Regung. Kein Lächeln mehr, keine Tränen, das Mädchen blickte durch ihn hindurch, sah dem Zug entgegen, der im Gewirr der Schienen, Oberleitungen und Signalmasten, sehr fern noch, auftauchte, um in den Bahnhof einzulaufen. An der Bahnsteigkante blieb die junge Frau stehen. Das Eisen knackte.

»Vorsicht bei der Einfahrt des Zuges!«

Dröhnend kam die Lokomotive näher. Die am Bahnsteig Wartenden traten einen Schritt zurück, nur die junge Frau nicht. Behrmann berührte ihren Arm. Sie zuckte zusammen.

»Kann ich Ihnen helfen?«

In diesem Augenblick stampfte die Lokomotive vorbei.

Die Frau blickte ihn verwundert an, sie schien aus einer fernen Welt zurückzukehren.

»Sie tun mir leid«, sagte Behrmann. »Ich möchte Ihnen helfen, wenn es geht.«

»Das ist allein meine Sache«, antwortete das Mädchen,

und Behrmann wunderte sich, wie eisig die Stimme klang.

Der Zug hielt, die Türen sprangen auf.

»War der junge Mann auf der Treppe Ihr Freund?« fragte Behrmann.

»Fred ist mein Freund«, erwiderte das Mädchen.

Die Lautsprecherstimme forderte zum Einsteigen auf.

»Fahren Sie auch nach Bremen?« fragte Behrmann.

Das Mädchen schüttelte den Kopf. »Ich brauche Ihr Mitleid nicht. Wenn Sie helfen wollen, sollten Sie ihm helfen«, sagte es und zeigte zur Treppe.

Behrmann stieg ein. Er hörte das Trillern der Signalpfeife, das Schlagen der Türen. Das Mädchen stand immer noch nahe der Bahnsteigkante. Es täte ihm leid, wenn sie da hinunterfiele. Zwei Männer in weißen Jacken rollten den auf der Treppe Liegenden auf eine Trage.

Der Zug ruckte an. Behrmann sah noch im Wegfahren, wie sie ihn die Treppe hinauftrugen. Das Mädchen folgte in großem Abstand, so als hätte es nichts damit zu tun.

Die Schrift im Stein

In seinem Ruhestand entdeckte Greve die Friedhöfe, diese Oasen grünen Friedens, in denen der Lärm der Stadt verebbte. Er beobachtete Drosseln und Finken, hängte den Meisen Ringe vor die Futterhäuschen, lockte Eichhörnchen mit Nüssen, die er pfundweise im Supermarkt kaufte, und sagte jedem, den er traf, daß Friedhöfe Leben bedeuten. Werner Greve spazierte gern über Friedhöfe. Er folgte dem süßen Duft der Azaleen, bewunderte Rosenstöcke und blaue Hortensien, studierte Vogelstimmen, begleitete die Zitronenfalter, die von Grab zu Grab gaukelten und sich satt tranken. Die Toten, die in langen Reihen unter Kreuzen und schattigen Bäumen ruhten, gingen ihn nichts an. Ihre Grabsteine, die das Ich der kleinen menschlichen Existenz so wichtigtuerisch herauskehrten, um es für Ewigkeiten aufzubewahren, beachtete er kaum, die sich wiederholenden Inschriften langweilten ihn. Ihm war der Städtische Friedhof ein blühender Garten, ein ausgedehnter Park mit schattigen Bäumen, weiter nichts. Auch für seine Person fand er keinerlei Beziehung zu dem Gräberfeld. Er dachte so gut wie niemals an den eigenen Tod, eher an Vulkanausbrüche, Wirbelstürme oder Feuerkatastrophen in fernen Erdteilen. Selbst wenn ihm auf seinen Spaziergängen ein Leichenzug begegnete, was gelegentlich vorkam, erschien ihm das wie eine filmische Inszenierung. Nach dem Abschalten der

Scheinwerfer wird der Hauptdarsteller aus der Kiste kriechen und sich den Staub von der Hose klopfen. Was andere Menschen von Friedhofsspaziergängen abhielt, nämlich die mitwandernde Mahnung, daß hier oder dort eines Tages der eigene Stein stehen wird, berührte ihn nicht.

An einem Sommerabend – es war wohl im Juni – traf er einen Mann seines Alters, der sich an einem Stück Erde, vier Meter lang, drei Meter breit, zu schaffen machte. Er grub, harkte und säuberte den Boden von Unkraut und Wurzeln. Als Greve stehenblieb, sagte er: »Es ist gute, fruchtbare Erde, sehr reich an Mineralien.«

Der Mann kam ihm sonderbar vor. Kahler Schädel, ein blasses Gesicht ohne Bart, über seine Hände hatte er schwarze Handschuhe gestreift.

Er ist wohl Gärtner, dachte Greve.

Der Fremde erklärte, er habe die Erde analysieren lassen, um zu erfahren, welche Blumen und Sträucher am besten gedeihen. Es sei ja noch kein Grab, sondern eine künftige Grabstelle, die er pflegen und betreuen müsse, damit sie nicht verwildere. Hier unten sei der Boden etwas sauer, oben etwas mehr kalkhaltig.

Am Kopfende entdeckte Greve einen Marmorstein, darin eingraviert den Namen Herbert Morton. Unter dem Namen stand das Datum 13. Dezember 1923.

»Mein Vater hatte auch am 13. Dezember Geburtstag«, erklärte Greve und zeigte auf den Stein.

Der bleiche Mann lachte. »Unsere Friedhöfe sind die reinsten Adreßbücher.«

Wenn er im Dezember 1923 geboren ist, wird er in diesem Jahr siebzig, dachte Greve, während der Fremde von der Bodenanalyse sprach und dem Gedeihen der Pflanzen. Einen Rosenstock werde er neben den Stein setzen. Die Vorstellung, daß im Sommer rote Rosen den weißen Marmor umrankten, sei ihm angenehm. Für den unteren Teil des Grabhügels, nämlich für die saure Erde, habe er weißen Rhododendron vorgesehen.

»Wußten Sie, daß in Asien Weiß die Farbe der Trauer ist?«

Er sieht nicht aus wie siebzig, dachte Greve, er ist nicht Herbert Morton, sondern ein Gärtner.

Obwohl ihn Gräber und ihre Inhalte, Steine und ihre Inschriften nicht sonderlich interessierten, wählte Greve bei seinen Spaziergängen nun doch gelegentlich den Umweg zum weißen Stein des Herbert Morton. In der Zeder, die hinter dem Stein wuchs, nisteten Elstern. Oft sah er die schwarz-weiß leuchtenden Vögel auf dem Marmor sitzen; wenn er näher kam, flogen sie schauerlich krächzend davon. Greve erlebte die weiße Rhododendronblüte, sah die ersten Knospen am Rosenstock und entdeckte eines Tages eine kleine Bank aus Holz, fest verankert neben der Grabstelle. Jemand hatte sich eine Sitzgelegenheit geschaffen, um nach getaner Gartenarbeit auszuruhen, vermutlich dieser Herbert Morton oder sein Gärtner. Greve nahm sich die Freiheit, gelegentlich auf der Bank Rast zu halten und den Vogelstimmen zu lauschen.

Am 13. Dezember 1993, also Mortons siebzigstem Geburtstag, entdeckte er auf dem Marmorstein eine neue Eintragung, gerade so, als hätte der Steinmetz gestern daran gearbeitet. Unter Name und Geburtstag stand ein weiteres Datum: 2. Januar 2001. Dahinter ein schwarzes Kreuz.

Er ist ein Verrückter! ging es Greve durch den Kopf. Im Dezember 1993 läßt er als Sterbedatum den 2.1.2001 auf den Grabstein setzen! Schwarze Zahlen im weißen

Stein, dazu das Kreuz, auch schwarz. Greve setzte sich auf die Bank und studierte die sonderbare Schrift im Stein. Warum setzt dieser Morton zu Lebzeiten sein künftiges Sterbedatum auf den Grabstein? Woher weiß er, daß es der zweite Tag im nächsten Jahrtausend sein wird? Siebenundsiebzig Jahre und zwanzig Tage wollte Herbert Morton alt werden. Das war nicht unverschämt, sondern durchaus angemessen, so ungefähr sind die statistischen Lebenserwartungen.

Im Telefonbuch fand er einen Herbert Morton, brachte es aber nicht über sich, die Nummer zu wählen. Was sollte er ihn fragen? Ihn interessiere, was in einem Menschen vorgehe, der seinen eigenen Todestag auf den Grabstein setzen lasse?

Greve hoffte, ihn auf einem seiner Spaziergänge zu treffen. Dann wollte er ihn zur Rede stellen und nach dem 2. Januar 2001 fragen.

Fast täglich besuchte er den weißen Stein. Die Grabstelle sah gepflegt aus, Blumen und Sträucher bekamen regelmäßig Wasser, die Rosen rankten um den Marmor. Einen Menschen traf er dort nicht. Offenbar hatte nur er die sonderbare Schrift bemerkt. Versteckt hinter Büschen, beobachtete er manchmal fremde Personen, die achtlos vorübergingen. Niemand wunderte sich über die Schrift im Stein. Es war geradeso, als hätte nur er einen Blick für das Ungeheuerliche, nur Werner Greve wußte, was am 2.1.2001 geschehen wird. Er erwog, die Lokalzeitung anzurufen, damit sie den Fall recherchiere. Waren solche Eintragungen überhaupt statthaft? Verstießen sie nicht gegen die Friedhofsordnung und die guten Sitten?

Ein Jahr verging, ohne daß er diesem Herbert Morton begegnete. Am 13. Dezember faßte er sich ein Herz und wählte seine Telefonnummer, eine Frauenstimme meldete sich.

»Ich möchte Herbert Morton sprechen«, sagte Greve.

»Mein Vater ist schon sechs Wochen im Süden«, antwortete die Frau. »Er kommt erst im Januar zurück, sicher wollten Sie ihm zum Geburtstag gratulieren.«

»Ja«, sagte Greve.

Sie holte die Adresse ihres Vaters, der irgendwo auf den Balearen weilte. Greve dachte, daß es nicht zu ihm passe, die Grabstelle ein Vierteljahr allein zu lassen und sich im sonnigen Süden herumzutreiben.

»Woher kennen Sie meinen Vater?«

Greve zögerte, bevor er zugab, daß sie sich auf dem Friedhof begegnet seien.

Die Frau lachte. »Gehören Sie auch zu denen, die ihr Plätzchen schon vorher herrichten und pflegen?«

»Nein, das nicht!« rief er. »Ich unternehme nur regelmäßig Spaziergänge, Friedhöfe sind ideal zum Spazierengehen. Dabei trafen wir uns.«

Die Frau nannte die spanische Adresse und eine Telefonnummer, gab aber zu verstehen, daß ihr Vater dort selten anzutreffen sei. Er sei viel mit seinem Segelboot unterwegs, an seinem Geburtstag gebe er üblicherweise ein Fest auf einem Schiff im Hafen von Palma.

Greve verzichtete auf den Anruf in Spanien. Er begann zu zweifeln, ob jener blasse, kahlköpfige Mensch, der ihm auf dem Friedhof begegnet war, irgend etwas mit jenem Herbert Morton zu tun hatte, der im Hafen von Palma eine Geburtstagsparty feierte.

Wenige Tage vor Weihnachten fiel Schnee. Als Greve über den Friedhof wanderte, entdeckte er außer Vogel- und Hasenspuren den Abdruck von Männerstiefeln neben dem Marmorstein. Jemand hatte auf der Bank gesessen, eine Zigarette geraucht – die erkaltete Kippe entdeckte Greve im Rhododendronbusch –, hatte danach den Stein umkreist und war gegangen.

Auf den Balearen fällt kein Schnee, dachte Greve.

Zum Weihnachtsfest schrieb er ihm eine Karte nach Spanien mit den üblichen Festtagswünschen. Zum Schluß erlaubte er sich eine gewagte Anspielung:

»Alles Gute bis zum 2. Januar 2001, Ihr Freund vom Städtischen Friedhof.«

Als er die Karte in den Briefkasten gab, stellte er sich das Erstaunen auf den Balearen vor. Wird es ihn amüsieren oder erschrecken? Was hat man für Freunde auf dem Friedhof außer dem einen, dem weißen, kalten?

Im Januar meldete Greve sich bei der Tochter und fragte, ob ihr Vater heimgekehrt sei.

»Eigentlich wollte er am zwanzigsten kommen, aber bei ihm weiß man es nie so genau. Wenn das Wetter hier oben zu scheußlich ist, bleibt er lieber ein paar Wochen länger im Süden.«

»Was hatte Ihr Vater für einen Beruf?« fragte Greve.

»Hat er Ihnen das bei den Friedhofsspaziergängen nicht erzählt?« wunderte sich die Frau.

»Nein, darüber haben wir nie gesprochen.«

Sie schwieg.

Greve dachte, es sei vielleicht ein sonderbarer, kompromittierender Beruf, über den man nicht gerne spricht. Leichenbestatter, fiel ihm ein. Dieser Morton mußte etwas mit dem Tode zu tun haben.

Greve beschäftigte sich nun mehr und mehr mit Herbert Morton. Er sammelte Fragen, die er ihm stellen wollte: Woher nehmen Sie den Mut, ein so festes Datum auf den Grabstein zu schreiben? Warum diese Demonstration im voraus, diese Festlegung?

Er wird wohlhabend sein, dachte Greve. Das Geschäft mit dem Tode hatte diesen Morton reich gemacht. Ein Vierteljahr auf den Balearen, eine große Geburtstagsfeier auf einem Schiff im Hafen von Palma, ein Stück Erde auf dem Städtischen Friedhof und dieser Stein aus kostbarem Carrara-Marmor. Nein, arm war er nicht. Wenn nicht Leichenbestatter, dann Chirurg, dachte er. Auch das ist eine Arbeit nahe am Tode. Nur wer sein Leben lang in fremden Leibern herumschneidet, kann auf die ausgefallene Idee kommen, der eigenen Existenz ein so definitives Ende zu setzen. Oder etwas Metaphysisches, Lehrer vielleicht oder Psychologe. Pfarrer ginge wohl nicht. Ein Geistlicher, der sein Todesdatum auf den eigenen Grabstein setzen läßt, müßte einer anderen Religion angehören. Gewiß war er Witwer. Eine Frau an seiner Seite hätte diesen Unfug unterbunden. Nur wer allein lebt, kommt auf solche Einfälle.

Weil Schnee die Wege unpassierbar machte, blieb Greve dem Friedhof ein paar Wochen fern. Als er im März wieder hinausging, sah er dort, wo in der Dämmerung der Marmorstein weiß leuchtete, eine Gestalt. Sie beugte sich über den Grabhügel und glich einer Vogelscheuche.

Greve trat hinter eine Hecke und beobachtete den Mann, denn es war ein Mann, ja, es war jene Person, mit der er damals gesprochen hatte, der Gärtner oder Herbert Morton oder wer auch immer. Wieder das bleiche Gesicht, der kahle Schädel, die Hände unter schwarzen Handschuhen verborgen. Er sah, wie er mit einem Taschenmesser altes Holz aus dem Rosenstock schnitt. Er zerbröselte Erdkluten, streute aus einer Tüte ein stinkendes Düngemittel an die Sträucher, vermutlich Guano. Schließlich nahm er auf der Bank Platz und rauchte eine Zigarette.

Er hätte nun zu ihm gehen und mit ihm reden können über die Balearen, die Witterung dort, das große Fest im Hafen von Palma und die sechs Jahre, die diesem Herbert Morton noch blieben. Doch er stand wie angekettet, irgend etwas hielt ihn fest. Greve sah das Glimmen der Zigarette, die schwarzen Handschuhe, die die Zigarette hielten, nicht einmal zum Rauchen streifte er sie ab. Schaudernd stellte er sich vor, daß unter den Handschuhen weiter nichts als nackte, trockene Knochen wären. Es wurde Zeit zu gehen. Im Schutz der Hecke stahl er sich davon, hinter sich hörte er den anderen hüsteln. Als er einen Steinwurf entfernt war, drehte er sich um. Die Gestalt am Marmorstein war verschwunden.

Zu Hause angekommen, rief er ihn an. Es meldete sich wieder nur die Frau und erklärte, ihr Vater habe den Spanienaufenthalt um vier Wochen verlängert.

»Ich dachte, ihn gerade auf dem Friedhof gesehen zu haben«, sagte Greve.

»In Spanien gibt es auch Friedhöfe«, antwortete die Frau und lachte. »Wie ich meinen Vater kenne, besucht er nur selten Friedhöfe, eher geht er auf den Markt.«

Greve stellte sich Mortons Heimkehr Ende März vor. Die Maschine gerät in einen Gewittersturm und stürzt ins Mittelmeer, die Schrift im Stein wäre falsch. Es ist vermessen, mein lieber Morton, Todesdaten sieben Jahre vorher in Stein zu schlagen. Jeder Tag kann dich Lügen strafen. Ein Verkehrsunfall, ein falscher Schritt am Zebrastreifen, ein Flugzeugabsturz über dem Mittelmeer, und der Steinmetz bekommt Arbeit.

Am letzten Tag des Monats bemerkte er gewisse Veränderungen auf dem Friedhof. Die Tannenabdeckung war entfernt, um den Marmorstein zitterten gelbe Stiefmütterchen.

Morton ging ihm aus dem Wege. Wann immer Greve über den Friedhof spazierte, Morton war entweder schon gegangen oder noch nicht gekommen. Gärtnerische Arbeiten verrichtete er sogar zur Nachtzeit. An einem Samstagabend verließ Greve die unberührte Grabstelle, am Sonntagmorgen fand er sie mit gelockertem Erdreich und geharkten Fußwegen vor. Einmal glaubte er, ihn zwischen lichten Birkenstämmen zu sehen, schweigend wie einen Schatten seiner selbst. Aber es war dann doch ein anderer. Obwohl er nicht gern in der Dunkelheit spazierenging, schon gar nicht auf Friedhöfen, überwand er sich und wanderte in einer Mondnacht, als die Birken erste Blätter trieben, das bleiche Licht durchs kahle Geäst der Platanen fiel, die hohen Steine lange Schatten warfen, nichts sich regte außer den Wildkaninchen, die seinen Weg kreuzten und raschelnd im alten Laub verschwanden, zu Herbert Morton. Aus der Ferne entdeckte er ein Licht, auf dem weißen Marmorstein brannte eine Kerze wie zu Allerheiligen. Trotz der Windstille flackerte sie heftig, als blase jemand seinen Atem in die kleine Flamme. Ruhig schritt er auf das Licht zu.

Jemand schneuzte sich. Ein Eisen stieß auf Stein, da grub einer den Hügel um.

Das ist nicht Morton, dachte Greve.

Plötzlich traf ihn der Lichtstrahl einer Taschenlampe. Greve schloß die Augen, suchte Halt an einem Baumstamm. Wieder stießen Stein und Eisen zusammen. Er hörte, wie jemand durchs Gebüsch brach und davonrannte. Auf dem Grabhügel fand er einen Spaten. Eine Gießkanne, halb gefüllt, hatte er auf der Bank zurückgelassen. Die Kerze auf dem weißen Marmor flackerte nicht mehr. Sie auszupusten brachte er den Mut nicht auf. Es könnte ein Lebenslicht sein. Wenn du es löschst, stirbt einer, vielleicht dieser Morton. Was hatte der zu graben abends um halb zehn? Suchte da jemand nach verborgenen Schätzen? Als er tags darauf wiederkam, fand er keine Spuren. Keinen Kerzenstummel, keine Wachsreste, auch der Spaten war fort. Du siehst Gespenster, dachte Greve und strengte sich an, diesen Menschen zu vergessen. Er wählte andere Wege.

Nach drei Tagen kam ihm in den Sinn, einen Brief an Herbert Morton zu schreiben, mit ihm zu korrespondieren über den 2. 1. 2001. Er stellte das Schriftstück tatsächlich fertig, trug es tagelang bei sich, wagte aber nicht, es in den gelben Kasten zu werfen. Statt dessen versuchte er es noch einmal telefonisch.

Wie immer meldete sich die junge Frau und erklärte, ihr Vater sei hier oder dort, jedenfalls nicht zu Hause. Einmal hörte er: »Ich glaube, er ist auf dem Friedhof.«

Als Greve hinauseilte, fand er die Grabstelle unberührt. Keine Spur von Morton.

Du gehst mir aus dem Weg, dachte er. Wovor fürchtete sich dieser Herbert Morton?

Der Brief, den er dann doch aufgab, kam zurück. Unbekannt verzogen, stand auf der Rückseite. Wohin verzogen? Auf den Friedhof oder zu den Balearen?

Greve beauftragte ein Detektivbüro. Schon nach zwei Wochen erhielt er einen kurzen Bericht:

HERBERT MORTON, geboren am 13. 12. 1923 in Berlin, seit 1. 1. 1985 im Ruhestand. Geschieden, eine Tochter. Hält sich häufig in seiner Ferienwohnung in Spanien auf. Geordnete Verhältnisse, keine Schulden.

Vom 2. Januar 2001 wußten die tüchtigen Detektive nichts, denn sie recherchierten nicht auf Friedhöfen.

In der Sommerzeit verwilderte die Grabstelle. Niemand beschnitt die Rosen, keiner ersetzte die vertrockneten Stiefmütterchen durch Sommerblumen. Giersch und Löwenzahn wucherten. Was ist dir zugestoßen, Herbert Morton?

Greve saß oft auf der kleinen Bank und dachte an ihn, der sich vorgenommen hatte, am 2. Januar im nächsten Jahrtausend zu sterben, nicht früher und nicht später, und der nun durch die Welt bummelte zu Plätzen mit schöner Aussicht. Fünf Jahre und fünf Monate hatte er noch Zeit. Es ist wie ein Termingeschäft an der Börse, am 2. Januar wird die Rechnung präsentiert, der Knochenmann kommt zum Kassieren. Feste Termine erleichtern die Lebensplanung. Angenommen, dieser Morton besaß ein kleines Vermögen und wollte es so verbrauchen, daß nichts dem Fiskus oder den Erben in die Hände fiel. Also macht er einen Entnahmeplan auf seinen Todestag. Die letzte Auszahlung erfolgt zu Silvester des Jahres 2000, danach ist er pleite, es wird Zeit zu gehen.

Im Herbst, die Platanen warfen nach den ersten Nachtfrösten ihre Blätter, verschwand über Nacht der weiße Stein. In der Erde klaffte ein Loch, als wäre ein Meteorit eingeschlagen; der Rosenstock, nun ohne jeden Halt, wurde vom Wind hin- und hergerissen. Jemand hatte den Marmor gestohlen, um ihn zu Küchenfliesen zu verarbeiten.

Nach zwei Wochen tauchte der Stein wieder auf, das Datum 2. 1. 2001 fehlte.

Er hat Angst bekommen, dachte Greve. Die Zeit rückt näher, und er möchte nun doch ein paar Jahre länger leben, vielleicht bis 2006.

Beim näheren Hinsehen konnte er die alten Zahlen

doch noch erkennen, wie von zarter Hand hingehaucht, eigentlich nur mit dem Vergrößerungsglas wahrnehmbar. Morton hatte den Stein abschleifen lassen, aber etwas von den alten Eindrücken war geblieben. Diesem Datum konnte er nicht mehr entfliehen.

Greve wußte nicht, was ihn bewog, vor dem Stein niederzuknien und die alten Daten nachzumalen, auch das schwarze Kreuz hinter der Jahreszahl. Jedenfalls tat er es und wunderte sich später selbst darüber.

Am Sonntag vor Advent, also am Totensonntag, trafen sie sich. Das heißt, Morton lauerte ihm auf. Plötzlich, als Greve vorüberging, trat er aus dem Gebüsch, stellte sich ihm in den Weg, zog den schwarzen Hut und verneigte sich. »Ich begrüße Sie an meinem Grab«, sagte er.

Greve erschrak. Er stand einem hohlwangigen Menschen gegenüber, dessen übernächtigte Augen ihn traurig anschauten. Morton war vollständig in Schwarz gekleidet und glich den Sargträgern, denen Greve oft bei der Arbeit zugesehen hatte.

»Warum verfolgen Sie mich?« fragte Morton.

»Ich wollte mit Ihnen sprechen, aber Sie waren nie erreichbar, auch telefonisch nicht«, stammelte Greve.

»Warum sprechen?«

»Wegen des sonderbaren Datums auf Ihrem Stein. Es interessiert mich, was in einem Menschen vorgeht, der seinen Todestag in Marmor schlagen läßt.«

Morton drehte sich um und betrachtete den Stein.

»Es ist das einzige Datum, das wir selbst bestimmen können«, sagte er nach einer Weile. »Niemand fragt uns, ob wir geboren werden wollen und wann, auch unser Sterben verliert sich im Unbestimmten. Also muß man es festschreiben. Den eigenen Todestag bestimmen ist der Gipfel menschlicher Selbstverwirklichung.«

Greve fühlte, wie eine ungewohnte Kälte von diesem Menschen ausströmte. Sie spazierten unter Platanen und sprachen über den Tod.

»Welche Form des Endes haben Sie gewählt?« fragte Greve.

»Das ist noch nicht entschieden«, antwortete Morton. »Jedenfalls nichts Spektakuläres, kein Blut, keine Wasserleiche, kein Strick, es wird ganz unauffällig geschehen.«

»Und warum am 2. Januar 2001?«

»Einen Blick noch auf das neue Jahrtausend werfen, dann soll es genug sein. Der Rest wird furchtbar.«

»Woher wissen Sie das so bestimmt?«

»Sehen Sie nicht die Zeichen? Die Welt gerät aus den Fugen, überall bricht es auf: Krieg und Elend, Hunger und Seuchen, Stürme und Überschwemmungen. Millionen menschlicher Kadaver werden an unsere Küsten spülen, man wird sie mit Bulldozern auf große Haufen schieben und verbrennen.«

»Aber es könnte auch anders werden«, sagte Greve. »Vielleicht beginnt ein friedliches Jahrtausend in einer geordneten Welt. Reizt es Sie nicht, zu erfahren, wie es ausgeht, ob die Apokalypse kommt oder das Paradies?«

»Diese Neugier ist mir längst vergangen«, sprach Morton leise. »Einmal noch zum Stierkampf nach Jerez, einmal die Baleareninseln mit dem Segelschiff umrunden, weitere Wünsche habe ich nicht. Im übrigen ist der schlimme Ausgang gewiß, so sind die Menschen, es kann mit ihnen nicht gut enden. Die Weichen sind gestellt, der Zug hat die letzte Kreuzung passiert und befindet sich schon auf abschüssiger Bahn.«

Greve beobachtete die gestikulierenden Hände des Mannes. Sie steckten in schwarzen Handschuhen, der ganze Mensch erschien ihm durchdringend schwarz, das bleiche Gesicht und die wäßrigen Augen waren die einzigen Lichtpunkte.

»Glauben Sie nicht, daß eine höhere Macht, sagen wir mal Gott, eingreifen könnte, um den Zug zum Stehen zu bringen?«

Morton lachte, ein schrilles Lachen, so als treffe Stein auf Eisen.

»Ach, dieser kleine erbärmliche Gott! Er hat die Zeit verschlafen. Also hat Gott die Welt geliebt, läßt er beten. Er will das Brot des Lebens sein und läßt Millionen Hungers sterben. Kommet her zu mir alle, die ihr mühselig und beladen seid, hat er versprochen. Ich bin bei euch alle Tage bis an der Welt Ende. Aber er war nicht dabei, als die Enola Gay über den großen Ozean flog, in Dresden hat er nicht hingeschaut, an der Rampe in Auschwitz auch nicht. Stalingrad hat er verschlafen, ebenso Verdun, Workuta hat er nie gesehen, und als Sarajewo geschah, meditierte er gerade über die Unsterblichkeit.«

»Sie mögen ihn also nicht?« fragte Greve.

»Er ist der Urheber allen Unheils. Er fordert die Menschen auf, sich hemmungslos zu vermehren, bis sie in ihrem eigenen Kot ersticken. Er läßt es zu, daß um seinetwillen grausame Kriege geführt werden. Gehen Sie mir mit Gott! Ich hoffe, es gibt ihn nicht. Wenn doch, müßte er aus Scham über das, was er angerichtet hat, zu anderen Spiralnebeln auswandern.«

Dieser Morton ist verrückt, dachte Greve. Er ist nicht von hier, er ist den Gräbern entstiegen.

Aus dem nassen Herbstlaub stieg ein Geruch von Verwesung, die Kälte kam näher.

»Die Möglichkeit, daß Sie das selbstgesetzte Datum

nicht erleben, sondern schon vorher sterben, haben Sie wohl nicht erwogen?« fragte Greve.

»Das ist in der Tat eine Schwachstelle«, gab Morton zu. »Täglich ereignen sich verrückte Zufälle, die niemand steuern kann. Sollte es mich wirklich vorher treffen, werde ich als Lügner ins Grab gehen. Aber eigentlich doch nicht, denn nicht ich habe dieses Datum auf den Stein schreiben lassen.«

Greve blieb stehen, er spürte einen kalten Schauer über seinen Rücken laufen. »Wer sonst, wenn nicht Sie?«

»Vor einem Jahr kam ich auf den Friedhof und fand die Inschrift im Marmor«, erzählte Morton leise. »Niemand konnte mir sagen, wer sie in den Stein geschlagen hatte. Im letzten Sommer ließ ich den Stein abfahren und schleifen. Kaum stand er auf dem Friedhof, war das Datum wieder sichtbar, anfangs nur blaß, doch von Tag zu Tag stärker werdend. Eigentlich habe ich Sie für den Urheber dieses Scherzes gehalten.«

Greve schüttelte heftig den Kopf. »Was gehen mich fremde Grabsteine an?«

»Sie sind übrigens der einzige außer mir, der die Schrift bemerkt hat«, sagte Morton. »Alle andere gehen vorüber und nehmen sie nicht wahr.«

Greve stand vor dem Stein. Er fror. Mit seinem Taschentuch begann er den Stein zu reiben, aber die Schrift ließ sich nicht abwischen.

»Anfangs hat mich das Datum beunruhigt«, hörte er Morton sagen. »Inzwischen habe ich mich daran gewöhnt, ich nehme die Inschrift an, ich glaube an den 2. 1. 2001. Das gibt mir ein paar Jahre Zeit und so etwas wie Gewißheit, daß mir bis dahin nichts zustoßen kann.«

Morton zündete eine Zigarette an. Er saß auf der Bank und sah zu, wie Greve sich mühte, die Schrift zu entfernen.

»Wie ist Ihr Name?« fragte er. »Meiner steht auf dem Stein, jeder kann ihn lesen, aber den Ihren haben Sie mir bisher verschwiegen.«

Nachdem Greve seinen Namen genannt hatte, wollte Morton wissen, wie alt er sei.

»Siebenundsechzig.«

»Ach, dann haben Sie noch etwas mehr Zeit. Kümmern Sie sich auch schon um Ihre Grabstelle?«

»Nein, überhaupt nicht«, antwortete Greve schroff.

Morton schaute suchend in die Runde.

»Mir ist, als hätte ich irgendwo auf diesem Friedhof den Grabstein eines Werner Greve gesehen, geboren am 17. September 1927.«

»Sie kennen mich?« fragte Greve entsetzt.

»Ich habe das Datum auf einem Stein gelesen. Kommen Sie mit, wir werden den Stein suchen.«

Sie gingen nebeneinander und schwiegen. Wo die Platanenallee endete, bog Morton in einen schmalen Weg, der fast zugewachsen war von düsteren Rhododendronbüschen. Vor einem grauen Findling blieb er stehen.

WERNER GREVE

17. 9. 1927

–

25. 12. 1998

Greve schloß die Augen. Er griff nach Mortons Arm, doch der wich zurück.

»Sie sind jünger als ich und werden zwei Jahre früher sterben«, hörte er Mortons Stimme. »Nehmen Sie es nicht tragisch, wir können damit leben. Man kann damit sogar besser leben als in dieser quälenden Ungewißheit.«

Für einen Augenblick verschwamm die Gestalt, Greve sah ein diffuses Schwarz-Weiß und dahinter das Grau des Granitblocks.

»Ich habe ein schönes Anwesen in Spanien und lade Sie ein, mit mir in den Süden zu reisen. Lassen Sie uns diese grauen, düsteren Tage des Nordens vergessen, diese ewigen Totensonntage mit ihren Grabsteinen und traurigen Inschriften. Wir werden um die Balearen segeln und noch einmal zum Stierkampf nach Jerez fahren. Irgendwann werden wir sterben, vielleicht in Spanien.«

Im Turm

In einer Februarnacht jenes denkwürdigen Jahres, als ein Sturm namens Vivian über Mitteleuropa tobte und mit ihm noch andere Stürme den alten, kranken Kontinent aufwühlten, geschah es, daß einer Dorfkirche im Thüringischen die Turmspitze abhanden kam. Von einer Böe gerissen, stürzten Wetterfahne und Turmknopf aufs Kirchendach, durchschlugen die Schindeln und fielen auf den rohen Stein vor den Altar des Herrn. Am Morgen, als das Unwetter sich ausgewütet hatte und die Dorfbewohner alter Gewohnheit nach zur Wetterfahne aufschauten, um zu sehen, woher der Wind weht, bemerkten sie das Unglück. Sie fanden den Turmknopf, in Stücke gesprungen, vor dem Gekreuzigten, den Inhalt verstreut auf dem Fußboden, darunter Kreuzer, Schillinge, Taler, Dukaten und Silbergroschen aus früheren Zeiten, ein Gebetbuch des großen Reformators, ein Fahnentuch, benetzt mit dem Blute von Mars-la-Tour, eine Handvoll Weizenkörner, in einem Hungerjahr gewachsen, und eine Namenliste der Dorfbewohner, datiert auf den 1. Julius 1801. Auch war eine Schrift aus dem Turmknopf gefallen, deren Anfang sich schwer entziffern ließ, weil sie in sonderbarer Schreibweise gehalten war, die zum Ende hin in Sütterlin überging, sich schließlich gänzlich vom Lateinischen abgewandt und für die letzten Seiten eine Schreibmaschine bemüht hatte. Eine Chronik der Jahrhunderte, stets fortgeschrieben, wenn sich Anlaß ergab, den Turm zu richten, sei es nach stürmischen Februarnächten oder weil der Zahn der Zeit ihm Schaden zugefügt hatte.

Nachdem die Ältesten das Unheil besehen hatten, gaben sie Auftrag, zunächst das Loch im Kirchendach, durch das der blaue Himmel schaute, abzudichten. Danach gedachten sie, den Turmknopf wiederherzustellen, um ihn, sobald die Witterung es zuließ, auf die Spitze zu befördern. Für Sonntagabend, den 18. März, riefen sie den Kirchenvorstand zusammen, um gemeinsam die alte Chronik zu lesen, fortzuschreiben und im Turmknopf zu versiegeln.

Es trafen sich an besagtem Abend im Pfarrhaus drei Frauen und acht Männer zu einem fröhlichen Mahle, zu dem die Frau des Pfarrers Brote geschmiert und einer der Ältesten, der gerade von einem Besuch der Rheinlande heimgekehrt war, den Wein gestiftet hatte. Sie saßen an einer langen Tafel wie die Apostel in der Nacht, als der Herr verraten wurde, doch waren sie heiterer Stimmung. Während sie aßen und tranken, ließen sie vom Kirchenschreiber die alte Schrift, so gut es ging, verlesen, um sich einzustimmen für die Fortschreibung der Chronik. Zu Gehör kam der folgende Text:

Begonnen unter der sanften Regierung Ihro Herzoglichen Durchlauchtigkeit, welcher nun in dem dritten Jahr dero höchstpreißlichen Regimentes mit Einstimmung aller treuen Unterthanen zum Wohle des Landes führt. Der hiesige Ort besteht aus 123 Häusern, darin befinden sich 557 Einwohner. An Feuernoth, Theuerung, Kriegsnoth und Plünderung hat es genug gegeben. 1789, den 17. Junius, verbreitete sich ein Gewitter und schlug in Schlothauers Kutschen Hauß.

Durch Hilfe Gottes und guter Menschen wurde der Flamme Einhalt getan.

Die Theuerung ist in den Jahren 1814 und 17 größer gewesen als 1771 und 72.

Im Jahre 1783 weilte ein herzoglicher Minister namens Goethe zur Inspektion in unserem Dorfe und logierte im Gasthofe »Zum Schwan«. Besagter Minister fand das Armenhaus und unser Kirchlein in guter Ordnung.

1792, den 20. Junius, kam der dritte Teil von dem preußischen Regimente von Kleist hier an und hielt Rasttag. Tags darauf marschierten sie ab nach Koblenz. Von der Zeit an hat die Kriegsnoth angefangen und ist immer größer geworden. Franzosen, Russen, Sachsen, Österreicher und mehrere andere Nationen wurden hier und da einquartiert. Der franz. Kaiser machte alles aufrührerisch, unser Herzog mußte auch ein Kontingent zum Rheinischen Bund geben.

Das Jahr 1813 kamen die Franzosen, welche von den vereinigten Armeen geschlagen und außer Stand gesetzt waren, zurück und plünderten unseren Ort sehr aus, davon die Nachkommen noch empfindlich leiden. Die Folge von den vielen Truppen war eine Nervenkrankheit, Typhus genannt, durch die im Jahre 1813 49 und im folgende Jahr 41 Einwohner mit Tod abgingen.

Im Jahre 1830, den 24. Mai, zog ein fürchterliches Gewitter von Nordwesten herauf, das unser Winterfeld durch Hagel fast gänzlich zerstörte.

Nachdem der schadhafte Turm schon 1841 repariert war, machte sich im Jahre 1866 wieder eine Reparatur desselben nöthig. Bei der Abnahme befanden sich im

Knopfe 11 Geldstücke, die wieder hineingegeben wurden, nämlich

2 Gothaische Sechser
1 Gothaischer Zweier
1 Coburg-Gothaisches Neuzweigroschenstück
1 Weimarischer Silbergroschen
1 Coburg-Gothaisches Fünfpfennigstück
1 Weimarisches Einpfennigstück
1 Sächsisches Viergroschenstück
2 alte sächsische Pfennige
1 Weimarisches Vierpfennigstück

Gleichzeitig nahmen wir Gelegenheit, die vorgefundenen Nachrichten fortzusetzen.

Im Jahr 1846 herrschte eine ziemliche Theuerung in hiesiger Gegend. Jedoch litt in unserem Ort keiner Hungersnoth, weil eben die Bewohner einen guten Verdienst hatten, indem die Thüringische Eisenbahn gebaut wurde. Es gab da vieles Geld zu verdienen.

Am späten Abend des 30ten Julius 1862 entlud sich längst des Thüringer Waldes und in das Land hinein ein Wolkenbruch, der nicht in Tropfen, sondern in Strömen sich ergoß und alle Flüsse weit über die Ufer erfüllte. Einigen Einwohnern sind sämtliche Schafe ertrunken, an der Gesamtzahl 365. Es war diese Nacht eine schreckliche Nacht, die dem jetzt lebenden Geschlecht unvergeßlich bleiben wird.

Durch Bundesbeschluß am 14ten Junius d. J. traten Sachsen, Hannover, Hessen, Bayern und Württemberg auf die Seite Oesterreichs gegen Preußen. Am Sonntag, den 24ten Junius, gerade am Johannisfeste mittags 1 Uhr rückten ungefähr 3000 Mann hannoversche Truppen aller Waffengattungen hier ein. Die Reiter biwakierten auf dem Schindrasen, und die Infanterie ward im Orte einquartiert. Als sie hier ankamen, hatten sie nichts eiliger zu tun, als die Bahn samt dem Telegraphen zu zerstören. Für die im Lager stehenden Truppen wurden Speck, Würste, Brot, Kartoffeln ico. eingesammelt. Auch schlachteten sie zwei Ochsen, 1 Kuh und einen Stier, so daß im Biwak Wohlleben war und gekocht und gebraten wurde. Am Montagabend erfuhren die Hannoveraner, daß sie von drei Seiten von Preußen eingeschlossen seien und in dieser Nacht aufgehoben werden sollten. Zum Glück für unseren Ort brachen sie elf Uhr nachts auf und zogen sich zum Hauptheer zurück.

Zu sagen bleibt noch, daß eine verirrte Kanonenkugel im Kälberstall des Valentin Schade steckenblieb und dort zur Besichtigung für spätere Generationen freigegeben werden soll. Auch fanden spielende Kinder Gewehrkugeln auf dem Platze des hannoverschen Biwaks, die sogleich von der Obrigkeit eingezogen wurden. Zwei Kugeln, eine preußische und eine hannoversche, haben wir zur Aufbewahrung in den Turmknopf gegeben.

Gewaltiges tat sich in deutschen Landen während der 38 Jahre, die seit dem Sommer 1866 verflossen sind. Am 19. Juli 1870 ward mit der französischen Kriegserklärung durch den Übermut des feindlichen Nachbarn jener große Kampf heraufbeschworen, ein Kampf, wie ihn die Geschichte der Welt selten gesehen, in welchem zwei mächtige Völker in heißestem Ringen rangen, der mit jedem neuen Schlage neuen Lorbeer um die deutschen Waffen wand, ein Kampf, der sein ruhmreiches Ende fand in der Niederwerfung des französischen Kaisertums, in der Wiedererstehung des deutschen Kaiserreichs am 18. Januar 1871 im Spiegelsaal zu Versailles und in der Wiedergewinnung Elsaß-Lothringens im Frieden zu Frankfurt a. M. Auch aus unserem Dorf zogen junge Söhne hinaus in diesen heiligen Krieg. Einer derselben, Wilhelm Darr, starb im Kampfe bei Mars-la-Tour den Ehrentod für das Vaterland.

Als ein sichtbares Zeichen des Friedens wurden im Frühling 1871 eine Eiche, eine Linde und eine Buche gepflanzt, von denen insbesondere die Eiche in herrlichem Wuchse, geschützt durch eine Umzäunung, noch heute eine Weide der Augen ist.

Das wichtigste Ereignis auf kirchlichem Gebiete war die Feier des 400. Geburtstages unseres Reformators, die auch in unserer Gemeinde die Herzen neu entfachte in Liebe zum evangelischen Glauben und Anlaß ward zu mancherlei Geschenken an die Kirche.

Ein brennendes Interesse im Zeitalter des Verkehrs befriedigte die Einrichtung einer Haltestelle der Thüringer Bahn. Am 5. Februar 1885 hielt, von Gotha kommend, der erste Zug in unserem Ort.

1873 am 5. Juli morgens 3 Uhr entgleiste ein Nachtschnellzug auf der Eisenbahnbrücke, wobei 2 Personen getötet wurden.

1904 am 13. Oktober morgens 3 Uhr wurde der hier wohnende 34 Jahre alte Streckenläufer Emil Göpel im Rücken von einer Maschine erfaßt, starb eine Stunde danach und ward seinen Eltern tot ins Haus getragen.

Im Sommer 1935, nachdem Deutschland aus einem tiefen, ohnmächtigen Schlaf erwacht war, nahmen wir Veranlassung, das Dach unserer Kirche neu zu

decken und bei dieser Gelegenheit auch den Turm-
knopf einer Inspektion zu unterziehen. Zugleich ha-
ben wir die Chronik, die zuletzt im Jahre 1904 geschrieben war, bis heute vervollständigt. Zu beginnen
ist mit den Unglücksfällen, die sich seitdem in unserer
Gemeinde ereignet haben. Der Handarbeiter Theodor
Büchner starb in einer Lehmgrube, das Kind des
Tischlers Messing in einer Jauchegrube. Die Witwe
Marie Jungkurth kam durch Hitzschlag auf ihrem
Felde ums Leben, ein Kind des Schornsteinfegers
Reinhard starb an Brandverletzungen, ein Säugling
wurde von seiner Mutter im Schlaf erdrückt, ein zwei-
jähriger Knabe starb, als er sich kochendes Wasser
über den Leib zog, der Wachposten Stegmann wurde
vom Zug überfahren, der Landwirt Fischer kam durch
Absturz vom Heufuder ums Leben, die Witwe Schade
ertrank beim Wäschewaschen im Fluß. Die erste Person, die in unserem Dorf von einem Automobil getötet
wurde, war der Landwirt Andreas Bomberg. Sich
selbst durch ein Automobil zum Tode befördert hat
der Optiker Ranke aus Gotha, der hier an einem
Sonntagmorgen mit zu großer Geschwindigkeit vor-
beikam und an der Friedhofsmauer zerschellte.

Zu den größten Unglücksfällen der Geschichte muß
der Weltkrieg gerechnet werden. Haß von Frankreich,
Neid von England und Machtgelüste Rußlands ent-
fachten, begonnen mit dem Fürstenmord von Sarajewo, dieses ungeheure Ringen. Deutschland mit seinen Verbündeten verteidigte sich vom 2. August 1914
bis 9. November 1918 heldenhaft gegen eine Welt von
Feinden, bis durch die Hungerblockade von England
und Amerika das deutsche Volk im Innern zermürbt
zusammenbrach und das deutsche Heer, das Taten

vollbracht hat, wie sie die Welt noch nie gesehen, teilweise von feindlicher und auch leider deutscher staatsfeindlicher Propaganda zersetzt, am 9. November 1918 die Waffen niederlegte und unbesiegt von Oberbefehlshaber Generalfeldmarschall von Hindenburg in die Heimat zurückgeführt wurde. Es folgte der Schandfrieden von Versailles.

Zum Kriegsdienst eingezogen wurden aus unserer Gemeinde 144 Männer, von denen 25 auf dem Feld der Ehre blieben, 6 bis heute als vermißt gelten, 17 in Gefangenschaft gerieten und glücklich heimkehrten.

Der Kriegswinter 1916/17 war von großer Strenge. Im Juni 1917 opferten wir die kleinste unserer Kirchenglocken auf dem Altar des Vaterlandes.

Aus Anlaß des 25jährigen Regierungsjubiläums Kaiser Wilhelms II. am 15. Juni 1913 wurde der Kaiser-Wilhelm-Platz geweiht und zum Andenken eine Linde gepflanzt, die 1933 zum ersten Mal voll in Blüte stand.

Im Nov./Dez. 1920 herrschte ungewöhnlich starker Rauhreif, der an den Obstbäumen und in den Wäldern großen Bruchschaden anrichtete. Himmelfahrt 1921 schneite es so heftig, daß die im üppigsten Grün stehenden Bäume zerbrachen.

Schon während und insbesondere nach dem Krieg machte sich ein großer Geldbedarf notwendig. Die Notenpresse wurde immer mehr bewegt, der Wert der Mark sank so weit, daß am 10. November 1923 eine Billion Papiermark gleich einer Goldmark war. Alle Barvermögen wurden zu Wasser. Eine Anzahl Geldscheine aus der Inflationszeit, auch einige Münzen werden wir dieser Niederschrift beifügen, ferner Werbeplakate für Kriegsanleihen der Jahre 1914–1918, ein Eisernes Kreuz 1. Klasse, das der Zimmermann Gerhard Düber für große Tapferkeit in der Schlacht von Verdun verliehen bekam und das seine Eltern zum ewigen Andenken im Knopf unseres Kirchenturmes gestiftet haben. Beigelegt werden auch Fotografien der bedeutendsten Männer unserer Zeit, als da sind Kaiser Wilhelm II., Generalfeldmarschall Hindenburg, Adolf Hitler.

1929 stürzte unser Vaterland in eine schwere Wirtschaftskrise. In unserem Dorf verloren über dreißig Männer Arbeit und Brot, einer, der Handlanger Friedrich Sommerlatt, warf sich aus Gram über soviel Armut vor einen Güterzug.

Im Jahre 1933 gefiel es dem Herrn, dem deutschen Volke einen Retter zu senden, den Führer Adolf Hitler. Die erste Not wurde behoben, sieben Männer unserer Gemeinde fanden sofort Arbeit. Am 2. August 1934 verstarb der allseits verehrte Reichspräsident von Hindenburg, der Held von Tannenberg. Ihm zu Ehren fand in unserer Gemeinde ein Gedenkgottesdienst statt, zu dem auch die Fahne des neuen Deutschlands über dem Eingang unseres Gotteshauses wehte. Adolf Hitler hat nun auch die Reichspräsidentschaft übernommen. Mit Gottes Hilfe wird er das Vaterland aus der Schmach von Versailles herausführen zu Wohlstand und Frieden. So hoffen wir, die Unterzeichneten, an diesem 27. Juni 1935.

Im Frühling 1953 verlor unser Turm einen Teil seiner Beschieferung, auch stellte der Bezirksbaupfleger des Kreiskirchenamtes eine starke Neigung nach Westen fest, so daß der Turm einer dringenden Reparatur unterzogen werden mußte, eine schwierige Aufgabe, da Holz, Schiefer und Nägel bewirtschaftet sind. Der

Knopf des Turmes hatte während des letzten Krieges, wohl gegen Ende, einen Schuß erhalten und war undicht geworden. Leider konnte der Turmknopf nicht wieder vergoldet werden, da weder Blattgold noch Goldbronze aufzutreiben sind.

Bei der Öffnung des Turmknopfes war der stellvertretende SED-Kreisvorsitzende Albert Wegner zugegen und empfahl, die in der kupfernen Büchse gefundenen Fotografien des Kaisers, Hindenburgs und Hitlers zu vernichten, was über einem kleinen Feuer, das auf dem Kirchhof angezündet wurde, geschah. Zugleich haben wir die Chronik fortgeschrieben.

Nur vier Jahre nach der letzten Öffnung des Turmknopfes brach ein neuer Weltkrieg aus, den Faschisten, Imperialisten und das Großkapital vom Zaun gebrochen hatten. Durch den unseligen faschistischen 2. Weltkrieg mußten 98 Einwohner unserer Gemeinde ihr Leben hingeben. Schon vor dem Krieg wurde der Arbeiter Emil Ruß von den Faschisten in ein KZ verbracht und dort kurz vor Ende des Krieges ermordet. Direkte Kriegshandlungen hat unser Dorf nicht erlebt, nur flogen häufig amerikanische Bomberverbände über uns hinweg auf dem Wege nach Berlin und zu den Städten Sachsens. Im September 1944 geschah es, daß eine Maschine mehrere Bomben verlor, die in unserer Feldmark niedergingen, dort aber keinen Schaden anrichteten. Am 8. Mai 1945 wurde durch die Sowjetunion diesem Menschenmorden ein Ende gemacht und der Faschismus hinweggefegt. Danach ging es langsam durch den starken Willen der Arbeiter sowie der werktätigen Bauern wieder aufwärts, weil unsere Arbeiter und werktätigen Bauern mit ganzem Vertrauen auf den ersten Arbeiter-und-

Bauern-Staat schauten. Zum Gedenken an die Greuel der faschistischen Zeit geben wir Fotos aus den Konzentrationslagern Buchenwald, Sachsenhausen und Bergen-Belsen in den Turmknopf, ebenso Bilder der total zerstörten deutschen Städte Dresden, Köln und Stuttgart.

Nach dem Kriege wurde unser Dorf mit 400 Umsiedlern aus dem Osten belegt, die hier eine neue Heimat fanden.

Ein außerordentliches Ereignis war 1950 die Rückkehr der alten Glocken, die aus einem Schiff in der Nähe Hamburgs geborgen werden und glücklich ihren alten Platz im Turme einnehmen konnten. Sie waren während des 2. Weltkrieges beschlagnahmt und entfernt worden.

Im Oktober 1949 gründeten fortschrittliche Kräfte den ersten freien Arbeiter-und-Bauern-Staat auf deutschem Boden, die Deutsche Demokratische Republik. Noch haben wir ein gespaltenes Deutschland, aber wir kämpfen beharrlich für ein einheitliches, friedliebendes und demokratisches Deutschland, so daß die Sonne schöner wie nie zuvor über unserem Land scheinen möge.

Von Unglücksfällen und Naturkatastrophen ist unser Dorf in den letzten Jahrzehnten weniger befallen worden. 1948 verunglückte der Sohn des Müllers Lange tödlich im Alter von 18 Jahren, als er das Mühlrad vom Eis befreien wollte.

Am 5. 3. 1953 starb der Vater aller friedliebenden Menschen, der Genosse Stalin. In einer Feier in der Schule und auf dem Kirchplatz hat unsere Gemeinde dieses größten Heroen, der seit der Menschwerdung Christi die Erde betreten hat, gedacht. Ein Bild Stalins haben wir zu seinem Gedächtnis in den Turmknopf gegeben.

Im Juni 1953 zettelten arbeiterfeindliche Elemente Unruhen in unserem Lande an, die aber beherzt und mit Hilfe der sowjetischen Freunde niedergeschlagen werden konnten.

Wir schließen diese Chronik im festen Glauben, daß eines Tages, wenn der Turmknopf wieder geöffnet werden sollte, die Idee des humanen Sozialismus weltweit gesiegt haben und Deutschland ein friedliches, vereinigtes, blühendes Land sein wird.

Nach Verlesung der alten Papiere schwiegen alle und gedachten der vergangenen Menschen und Jahre. Um die zehnte Stunde erschien der zwölfte der Ältesten, Bruder Martin, den dringende Geschäfte in der nahen Stadt Gotha festgehalten hatten. Er begrüßte alle herzlich mit Händedruck, setzte sich ans Ende der Tafel, um zu essen und zu trinken, was übriggeblieben war. Auf Vorschlag des Pfarrers gaben die Anwesenden Namen und Geburtstag zu Protokoll, um sie der Schrift im Turm anzuvertrauen.

Was sollten sie schreiben? Die siebenunddreißig Jahre seit der letzten Niederschrift waren erfüllt von aufregenden Geschehnissen, so daß es ihnen schwerfiel, alles Wichtige zu bedenken und aufzuzeichnen. Es genüge, sagte der Pfarrer, wenn jeder in wenigen Worten der Chronik anvertraue, was ihm in seinem persönlichen Leben Bemerkenswertes zugestoßen sei. So werde sich ein buntes Mosaikbild ergeben, aus dem künftige Generationen genug über diese Zeit erfahren und von ihr lernen könnten. Nun dachte jeder für sich, welche Begebenheiten es wert waren, der Chronik anvertraut zu werden. Bruder

Martin aber verließ den Raum, um seine Hände zu waschen.

Ein alter Mann schrieb, daß er im Herbst des Jahres 1941 vor dem russischen Dünaburg das rechte Bein verloren habe. Sein ältester Bruder sei in Stalingrad gefallen, ein weiterer Bruder sei 1955 aus sowjetischer Kriegsgefangenschaft heimgekehrt. Trotz inständigster Bitten sei er nicht zu bewegen gewesen, bei ihm zu bleiben, sondern habe sich im Westen Deutschlands niedergelassen. Dreißig Jahre habe er seinen Bruder nicht mehr gesehen.

Eine Frau berichtete von ihrem Vater, der ein sowjetischer Soldat gewesen sei. Noch bevor sie auf die Welt kam, wollte er ihre Mutter heiraten, wurde aber in die Sowjetunion strafversetzt. Seitdem gilt er als verschollen. Ihre Mutter saß achtzehn Monate im Frauengefängnis Hoheneck, sie selbst verbrachte die ersten sechs Jahre ihres Lebens in einem Kinderheim bei Suhl, heute arbeitet sie als Krankenschwester.

Als nächster meldete sich einer zu Wort, der 1946 mit seiner Familie aus Gablonz vertrieben und dem unterwegs Vater und Mutter an Typhus gestorben waren. Eine ältere Schwester verschleppte die Rote Armee nach Sibirien, von wo sie nicht mehr heimgekehrt ist. Zwei Jahre lebte er in einem Flüchtlingslager bei Gera, bevor er in der Maschinen-Traktoren-Station des Dorfes Arbeit fand.

Der Älteste der Anwesenden wußte sich noch an die Monate Februar bis November des Jahres 1937 zu erinnern, die er im faschistischen Konzentrationslager Sachsenhausen verbracht hatte. Danach wurde er Soldat. Von 1946 bis 1947 hielten sie ihn im kommunistischen Lager Fünfeichen gefangen. Dort wurde er lungenkrank.

Als Frühinvalide kam er im Jahre 1953 in das Dorf. Hier fand er den Weg zum Herrn und seiner Kirche.

Die Großbäuerin Erna Hartung wurde 1955 LPG-Arbeiterin. Sie war die Ehefrau jenes Ortsbauernführers, der sich beim Einmarsch der Amerikaner am 6. 4. 1945 das Leben nahm. Von ihren beiden Söhnen ging der ältere zur Parteischule Karl Liebknecht, stieg auf zum zweiten Sekretär im Bezirk Halle und starb im Dezember 1989 von eigener Hand wie sein Vater. Julius, der zweite Sohn, wurde am 14. August 1961 verhaftet, als er in Berlin-Mitte gegen die emporwachsende Mauer die Faust ballte. Er saß fünf Jahre in Bautzen und wurde danach Friedhofsarbeiter hier am Ort. Besonders bedrückte die alte Frau, daß ihre beiden Söhne von August 1961 bis Dezember 1989 kein Wort miteinander sprachen. Wenn der Parteisekretär seine Mutter besuchte, mußte sein Bruder, damit sie sich nicht begegneten, zur Arbeit auf den Friedhof eilen.

Ein Bestarbeiter und Träger der Verdienstmedaille in Bronze trat im August 1968 wegen der Vorkommnisse in der Tschechoslowakei aus der Partei aus und verlor seine Arbeit. Seit 1971 ist er als Küster und Schreiber für die Kirchengemeinde tätig.

Ein alter Mann, der früher als Eisenbahnarbeiter sein Brot verdient hatte, gab zu Protokoll, daß er dreizehn Jahre Mitglied der NSDAP und SA-Führer im Dorfe gewesen sei. Nach dem Kriege hielt er sich im Konzentrationslager Buchenwald auf. Im Februar 1945 befand sich seine jüngste Tochter wegen einer Diphterieerkrankung in einem Dresdener Krankenhaus und kam durch Bomben ums Leben. Ein Sohn wurde durch Schüsse verletzt, als er zur Nachtzeit ins niedersächsische Duderstadt wandern wollte; er lebt nun als Invalide bei seinem

Vater. Sohn Fred gilt als verschollen. Wahrscheinlich ist er in der Ostsee ertrunken bei dem Versuch, Dänemark mit dem Schlauchboot zu erreichen. Die Tochter Ursula arbeitet als Brigadeführerin in Schwedt an der Oder und hat jeden Kontakt zu ihrem Vater abgebrochen. Die Tochter Annemarie wurde nach dreijähriger Haft aus dem Zuchthaus Waldheim an die BRD verkauft und ist als Sozialarbeiterin in Herne tätig.

Einer schrieb, er sei zwei Monate vor Kriegsende als sechzehnjähriger Volkssturmmann bei den Kämpfen um Danzig verwundet und mit einem Lazarettschiff nach Dänemark gebracht worden. Nach dem Kriege wanderte er zu Fuß durchs zerstörte Deutschland, um seine Familie, die er im ostpreußischen Neidenburg verlassen hatte, zu suchen. Vergeblich. Hier im Dorf fand er einen Kameraden von den letzten Kämpfen um Danzig. Also blieb er bis zum heutigen Tag.

Eine Frau berichtete von ihrem einzigen Sohn, einem Soldaten der Grenztruppen, der in Anerkennung treuer Dienste fünftausend Mark Belohnung erhalten hatte, weil es ihm gelungen war, die Flucht eines Kriminellen mit Waffengewalt zu verhindern. Vor drei Monaten besuchte er seine Mutter zum letzten Mal und war sehr schweigsam. Danach kam die Nachricht, daß er sich im Grenzgebiet nahe Boizenburg erschossen habe.

Ein junger Mann, der in Saarbrücken arbeitslos geworden war, siedelte 1975 in die DDR über. Er arbeitete viele Jahre in der Maschinen-Traktoren-Station, wurde dann aber verhaftet, weil er zu seiner Familie nach Saarbrücken zurückkehren wollte. Nach der Haftentlassung beschäftigte er sich vorrangig mit der Reinigung von Straßen und Wegen im Dorf.

Pfarrer Braun steht seit achtundzwanzig Jahren der

Gemeinde vor. Er kam aus dem Braunschweigischen, weil er gehört hatte, daß es in Thüringen an Pfarrern mangelte. Hier lernte er seine Frau Ines kennen. Drei Söhne wurden ihnen geboren, die schon lange im Westen Deutschlands leben. Da sie nicht der FDJ beitraten, die Jugendweihe ablehnten und sich konfirmieren ließen, verweigerte man ihnen das Abitur und ein späteres Studium. Der Sohn Viktor wurde verhaftet und nach sechs Monaten in den Westen abgeschoben. Emanuel sprang von einem Schiff und erreichte schwimmend Cuxhaven, Christian gehörte zu den ersten Besetzern der Prager Botschaft, die ihre Ausreise in die BRD erzwangen.

Auf Wunsch der Anwesenden wurde noch folgender Satz dem Protokoll hinzugefügt: Obwohl Pfarrer Braun mehrfach das Angebot erhielt, seinen Söhnen in den Westen zu folgen, blieb er der Gemeinde treu und verbreitete, aller Gottlosenpropaganda zum Trotz, das Wort Gottes.

Nun schwiegen alle, denn es hatte sie betroffen gemacht, was ihnen in diesem Jahrhundert widerfahren war. Da die Dunkelheit durchs Fenster einzudringen begann, entzündeten sie Kerzen.

»Es fehlt eine Stimme«, erklärte der Schreiber.

Da richteten sich alle Blicke auf Bruder Martin, der noch kein Wort gesprochen hatte.

»Hast du gar nichts zu sagen?« fragte ihn der Pfarrer.

Da erhob er sich und erklärte, gehen zu müssen, da er nicht mehr zu ihnen gehöre.

»Bevor ich euch verlasse, möchte ich bekennen, daß ich auf höhere Weisung ins Dorf gekommen bin mit dem Auftrag, mich um die kirchlichen Aktivitäten zu kümmern. Ich besuchte regelmäßig die Gottesdienste und schrieb darüber Berichte an die höheren Stellen. Nachdem die Gemeinde mich in den Kirchenvorstand gewählt hatte, schrieb ich auch Berichte über dessen Sitzungen.«

Die Anwesenden blickten betroffen in die Runde.

Pfarrer Braun sprach ein Gebet. Danach las er, da es gerade auf Ostern zuging, die Stelle aus der Heiligen Schrift über die Nacht im Garten Gethsemane, als der Herr verraten wurde. Er reichte Bruder Martin die Hand und sagte: »Du kannst bleiben.«

Der aber ging zur Tür. Er müsse nun allein sein mit seinem Gott, der Finsternis draußen und den Sternen am Firmament, erklärte er.

Nachdem er gegangen war, bat Pfarrer Braun, das Bekenntnis des Bruder Martin zu Protokoll zu nehmen. Hinzugefügt wurde noch, daß in ihrer Zeit der erste Kosmonaut das Weltall bereiste und der erste Mensch den Mond betrat, aber näher zu Gott sei die Menschheit nicht gekommen.

Bevor sie zur Versiegelung des Turmknopfes schritten, besichtigten die Anwesenden in fortgeschrittener Stunde den Archivraum der Kirche, in dem sich neben allerlei Kleidungsstücken zur Ausstattung der jährlich stattfindenden Krippenspiele auch diverse Fahnen fanden, unter ihnen die Reichskriegsflagge des Kaisers, die Hakenkreuzfahne, die zur Hindenburgfeier 1934 gehißt worden war, eine Fahne Schwarz-Rot-Gold mit Hammer und Zirkel und Ährenkranz sowie ein Tuch der Gesellschaft für Deutsch-Sowjetische Freundschaft. Da es sich als undurchführbar erwies, alle Fahnen in den Turmknopf zu geben, wurde beschlossen, sie zu fotografieren und ein Bild davon der Chronik beizufügen. Als Unterschrift für das Bild wählten die Ältesten den Satz: »Diesen Fahnen sind wir nachgelaufen.«

Ein Vorschlag, das im Turmknopf vorgefundene Stalinbild durch Feuer zu vernichten, wurde von der Mehrheit der Ältesten abgelehnt mit der Begründung, auch dieses Bild sei Teil der Geschichte und gehöre in den Turm.

»Noch nie zuvor sind im deutschen Vaterland so viele Tränen vergossen worden wie in unserer Zeit«, sagte der Pfarrer.

Mit in den Turm gaben sie wertlos gewordenes Geld mit den Bildern von Karl Marx und Friedrich Engels, außerdem einige Münzen der Deutschen Mark West.

Weiter schrieben sie, daß am 3. 12. 1989, einem Sonntag, eine Menschenkette durchs Land ging, die auch ihr Dorf erreichte und in die sich viele Bürger einreihten.

Schließlich vertrauten sie der Chronik an, daß der alte Kontinent von ungewöhnlichen Stürmen heimgesucht worden sei. Dennoch sei es ein milder Winter gewesen mit wenig Schnee auf den Fluren. An jenem 18. März zeigte das Thermometer zwanzig Grad Wärme an.

Nach Unterzeichnung des Protokolls durch die Anwesenden verkündete Pfarrer Braun die Ergebnisse der Wahlen, die er im Radio abgehört hatte. Man war zufrieden. Der Pfarrer sagte, es sei seines Wissens zum ersten Mal in der deutschen Geschichte vorgekommen, daß eine Diktatur auf friedlichem Wege durch freie Wahlen ein Ende gefunden habe.

Gegen dreiundzwanzig Uhr läuteten sie die Glocken.

Bitte beachten Sie
die folgenden Seiten

Arno Surminski

Kein schöner Land

Roman

Ullstein
Taschenbuch 23747

»Arno Surminski hat
(wieder) einen fulminanten
Roman geschrieben, viel-
schichtig, farbig, spannend,
ein Zeitdokument.«
Welt am Sonntag

»Surminski verdrösel die
braune und die rote Ver-
gangenheit miteinander,
zieht die Parallelen und
rechnet dennoch nicht platt
eine Diktatur gegen die
andere auf. Es geht letzten
Endes nicht um Vergel-
tung, sondern darum, aus
der Geschichte zu lernen,
damit wir nicht gezwungen
sind, sie zu wiederholen.«
Norddeutscher Rundfunk

Ullstein

Hansjörg Martin

Ins Ohr gesagt

Gedanken und Geschichten
zu Gestalten und Gedichten

Ullstein
Taschenbuch 23596

»Alle erfundenen Witze und mehr oder minder wahrheitsgetreuen Anekdoten haben keine Chance gegen jene Geschichten, die – wie heißt es so schön –, die ›das Leben schreibt‹. . .« Solche Geschichten erzählt Hansjörg Martin: von Großmutter und Mutter, die mit Witz und Wortgewandtheit die Kriegszeit überstehen, von Freundin und Freunden, mit denen er sich durch die Nachkriegszeit schlägt, von seinen Erlebnissen als populärer Autor – und von Gedichten, die ihn ein Leben lang begleitet haben. Aus den Geschichten, die »das Leben schrieb«, entsteht so ein Leben in Geschichten: voll menschlicher Wärme, Humor und auch Besinnlichkeit.

Ullstein

Peter Bachér

Ullstein

Ullstein